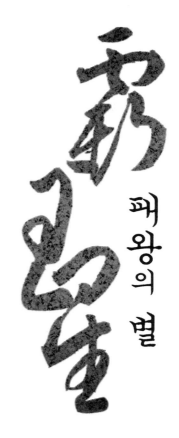

패 왕 의   별

패왕의 별

2부

10

강호풍 신무협 장편 소설

뿔미디어

목차

제1장
검게 물들다

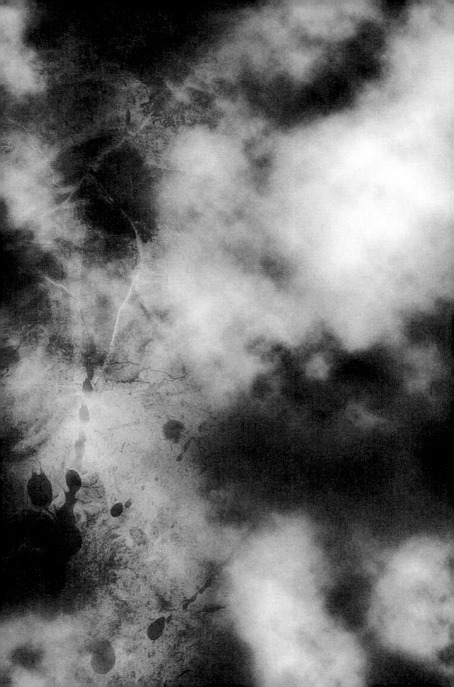

1

무수한 별이 까만 하늘에 반짝이는 새벽.

화르르르.

거센 화마가 전각들을 삼키며 시커먼 연기를 사방에 뿌려 댔다.

"이, 이건 악몽이야."

황창문의 문주, 황지근은 잿더미로 변해가는 사문을 바라보며 넋이 나간 표정으로 중얼거렸다. 그의 좌우에 자리한 여섯 장로들도 망연자실한 얼굴로 비틀거렸다.

황창문(黃槍門).

대륙의 변방인 운남성 최남단의 밀림 속에 위치한 문파

로 창술(槍術)과 궁술(弓術)에 능한 집단이다.

워낙 오지에 자리한지라 중원 무림과의 교류는 거의 없다고 해도 과언이 아니다. 그러나 정보에 밝은 무림인들은 황창문의 이름을 결코 무시하지 못했다.

황창문은 운남성 남부와 대월국에 상당한 영향력을 행사하는, 뛰어난 무사들이 적지 않은 문파이기 때문이었다.

황지근과 여섯 장로들은 부서진 정문의 문턱을 넘었다. 눈앞에 펼쳐진 연무장은 시산혈해를 이루고 있었다.

사랑하는 가족과 활기찼던 제자들. 그들의 육신은 찢겨지고 토막이 나서 사방에 널브러져 있었다.

지독한 피비린내와 뜨거운 열기가 훅하니 밀려들었다.

"으으으……."

황지근은 속이 메스꺼워졌다. 눈물이 뺨을 타고 흘렀지만 그는 입술을 꾹 깨물며 분루를 삼켰다.

딱 사흘 자리를 비웠을 뿐이다. 그런데 대체 무슨 일이 이곳에서 벌어진 것인가?

구르르르릉. 콰아아앙.

연무장 오른쪽에 자리한 삼층 전각이 굉음을 일으키며 무너져 내렸다.

황지근은 입술을 질끈 깨물었다가 버럭 외쳤다.

"아무도 없느냐? 살아남은 이가 정녕 아무도 없느냐!"

여섯 장로들이 움직였다. 그들 역시 고함을 지르며 잿

더미로 변해 가는 전각들 사이를 뛰어다녔다.

그러길 반 각.

장로들이 다시 연무장으로 돌아왔다. 비통한 표정의 그들은 문주를 보며 모두 고개를 저었다.

생존자가 없다는 뜻이었다.

황지근은 허리를 숙여 죽은 제자들의 시신을 훑었다.

비교적 시신이 온전한 제자를 찾아 몸을 살펴보니 사후 경직이 오지 않았다. 턱과 목 주변도 아직 굳지 않았다.

"죽은 지 한 시진이 넘지 않았습니다. 어쩌면 반 시진이 되지 않았을 수도 있습니다."

황지근은 눈을 번뜩이며 이를 갈았다. 억누르던 분노가 등줄기를 타고 올라와 머리끝까지 치솟았다.

자신들은 밀림에서 태어나 이곳에서 자랐다.

비가 오기 전이라면 어떻게든 흔적을 찾을 수 있을 터.

황지근과 여섯 장로들은 서둘렀다.

얼마 전 우기가 끝났지만 언제 비가 쏟아질지 몰랐다. 몇 날 며칠, 아니, 평생이라도 쫓을 결심이었다. 그러나 그들은 불과 반 시진 만에 밀림 속에서 세 사람을 발견했다.

황지근을 비롯한 장로들은 자못 당황스러웠다.

겨우 세 명?

저 셋에 의해 사문의 삼백여 정예가 몰살당했다는 말인가?

그럴 리가 없다.

본대의 후방을 정찰하는 자들일 것이다.

흑의 야행복을 걸친 그들은 일렬로 매우 느릿느릿 이동하고 있었다.

황지근은 여섯 장로들을 향해 나직하게 말했다.

"일단 저들을 생포합시다."

명이 떨어지기 무섭게 여섯 장로들이 나는 듯 그들을 향해 질주했다.

황지근은 그 뒤를 따라 발을 내디뎠다.

여명까지 한 시진이 남은, 아직은 어두운 밀림.

세 사내는 자신들을 포위하는 황창문의 장로들을 보며 가만히 서 있었다. 도망치거나 당황하는 모습이 보이지 않자 황지근과 장로들은 곤혹스러워졌다.

혹시 저들은 이곳을 우연히 지나가다가 참극의 현장을 보고 살인마들의 흔적을 추적하는 것은 아니었을까?

"당신들은 누구인가?"

황지근이 물었다. 그러자 중간에 있던 사내가 이마까지 둘러쓴 두건을 천천히 젖히고는 씨익 웃었다.

핏기 없는 하얀 얼굴.

그 창백한 모습에 어리는 섬뜩한 미소는 겁이라고는 모르고 살아온 황지근조차 침을 꿀꺽 삼키게 할 정도였다.

그리고 황지근과 장로들은 본능적으로 깨달았다.

이들이 사문을 도륙한 놈들이란 것을!

"네놈들은 누구냐? 본문에 무슨 원한이 있기에……."

백면(白面) 중년인이 황지근의 말허리를 끊었다.

"그대가 황창문의 문주군. 절정의 경지를 바라보는 고수라고 들었는데 어떤가? 절정에 올랐나? 그랬으면 좋겠군."

반문하는 중년인의 음성은 소름끼치게 스산했다. 붉은 안광을 흘리는 두 방갓 사내가 그 중년인의 좌우에 나란히 섰다.

그러자 중년인이 자신의 오른쪽 사내를 향해 명을 내렸다.

"구악(九惡), 저자를 제외하고 모두 죽여라."

방갓 사내가 고개를 끄덕이더니 한 발을 내디뎠다.

순간 그의 신형이 흔들리더니 가장 가까운 장로의 지척까지 다가가 손을 뻗었다.

칠흑 같이 검은 손.

"헉!"

황지근과 장로들은 방갓 사내의 놀라운 속도에 놀라 기겁성을 터트렸다. 사람이 이렇게 빠를 수 있단 말인가?

다행히 기습을 당한 장로는 침착하게 창을 뻗었다. 그러자 방갓 사내는 내뻗던 손을 비틀어 창을 막았다.

맨손으로 창을 막다니.

쨍.

"……!"

창이 맨손에 막혔다! 그것으로 끝이 아니었다. 놈이 손을 말아 쥐니 창두가 툭 부러져 버렸다. 그리고 이어지는 권격(拳擊)!

콰직!

황지근과 장로들의 눈이 태어나 가장 커졌다. 방갓 사내의 주먹이 동료 장로의 가슴을 관통하고 등으로 튀어나온 것이다.

그것을 시작으로 구악이라 불린 사내는 그야말로 순식간에 여섯 명의 장로들을 곤죽으로 만들어 버렸다.

황지근의 턱이 덜덜 떨렸다. 윗니와 아랫니가 부딪쳐 딱딱 소리를 냈다.

여섯 장로들 중 한 명인 태상장로는 자신보다 강했다. 황창문에서 절정의 경지를 코앞에 둔 진짜는 바로 그였다. 그런 태상장로가 단 한 번도 제대로 반격하지 못하고 머리가 날아간 것이다.

상대가 터무니없이 강해 반격할 생각조차 들지 않았다. 더구나 일격마다 상대의 육신을 찢어 버리는 괴력은 듣도 보도 못한 것이었다.

그제야 사문의 제자들 태반이 왜 그렇게 토막이 났는지

깨달았다. 그때는 그저 죽인 후에 잔인한 짓을 저지르는 미친 변태라고만 생각했는데.

퍼억.

구악의 주먹이 황지근의 복부를 가격했다. 황지근은 전력으로 휘두른 거대한 쇠망치에 얻어맞은 듯, 창자가 찢겨지는 고통에 고꾸라졌다. 단전은 이미 기능을 상실했다.

구악은 황지근의 머리칼을 움켜쥐고 질질 끌었다. 그리고는 중년인의 앞에 패대기치고는 한 발 물러섰다.

중년인은 발을 들어 황지근의 머리를 지그시 밟았다.

"우리가 왜 천천히 이동했다고 생각하나?"

"……."

"기껏 방문했는데 문주나 장로란 알맹이가 없더군. 그래서 혹시나 해서 흔적을 남기며 걸었지. 후후후, 운이 좋았어. 이렇게 걸려들 줄은 솔직히 몰랐거든."

"……."

"병신. 절정을 바라보는 경지라고? 이렇게 재미없을 줄 알았다면 황창문이 아니라 다른 곳을 고르는 건데."

중년인은 말을 마치고 조용히 키득거렸다. 황지근은 아득한 고통 속에서도 입을 열었다.

"대체 왜…… 왜 우리를? 무슨 원한이 있기에……."

황지근은 말을 멈추고 이를 악물었다. 자신의 머리를

밟고 있는 놈의 발에 힘이 들어가기 시작한 것이다.

황지근의 머리가 천천히 땅속으로 들어갔다.

중년인이 말했다.

"원한? 그딴 건 없어. 내 노예인 구악. 즉, 아홉 번째 악마의 마지막 실전 연습이었을 뿐이지."

"끄아아아악!"

황지근은 머리가 터질 것 같은 고통에 비명을 질렀다. 열린 입으로 흙이 들어왔다.

그는 버둥거리며 손을 뻗어 놈의 발을 잡으려고 했다. 그러나 구악과 다른 방갓 사내가 어느새 다가와 그의 팔을 발로 강하게 눌렀다.

투툭!

양팔이 부러지는 소리가 사위를 울렸다. 그리고 황지근의 얼굴은 계속해서 땅으로 함몰됐다.

툭툭.

그의 귀가 찢어졌다. 그리고 광대뼈가 으깨지며 눈알이 하나 튀어나왔다.

황지근의 신형은 계속 버둥거렸다. 그러나 중년인은 어둔 허공을 보면서 중얼거렸다.

"곧 천하의 대부분이 네 뒤를 따라 가게 될 테니, 너무 억울해하진 말라고. 후후후."

웃고 있는 그는 배교의 소교주, 방우(方宇)였다. 그리고 두 방갓 사내는 살아 있는 것도 아니고 죽은 것도 아닌 특강시, 팔악과 구악이었다.

황지근의 몸이 축 늘어져 미동도 하지 않았다. 그러나 방우는 발을 떼지 않은 채 혼잣말을 계속했다.

"아홉의 특강시로도 충분하다 못해 넘치거늘 아버지께서는 왜 그렇게 천마검에 연연하시는 건지. 강시왕이라……. 그건 천마검이 아니라 구악, 너에게 주어져야 할 호칭인데 말이지."

방우는 천마검이 탐탁지 않았다. 계속해서 그를 특강시로 만들려는 시도가 실패하면서 천문학적인 비용이 낭비되고 있었기 때문이었다.

방우의 말처럼 가장 최근에 완성된 구악은 완전무결하다는 말이 어울릴 정도로 강했다. 구악에게는 상대가 삼류든 고수든 하등의 차이가 없었다. 그건 절정고수라 해도 마찬가지일 것이다.

콰직!

황지근의 머리가 깨져 나가며 뇌수가 튀었다. 방우는 고개를 내려 물끄러미 보다가 말했다.

"팔악, 구악. 서둘러 가야겠다. 본교의 축제날에 빠질 수는 없으니. 크흐흐흐, 이번 축제는 설레는군."

배교의 축제일인 동짓달 그믐이 다가오고 있었다.

                    *   *   *

　마치 푸줏간의 고기처럼 벽에 매달린 천마검을 보면서
배교주는 입술을 잘근잘근 깨물었다.

　그는 말없이 하얀 손가락으로 이마를 긁적였다.

　날카로운 붉은 손톱이 연달아 이맛살을 긁더니 결국 피
부가 갈라져 한 줄기 선혈이 눈썹으로 떨어졌다.

　그러자 교주의 눈치를 살피던 환당주가 손수건을 꺼내
받쳤다.

　배교주는 손수건을 받아 피를 닦고는 옆에 서 있는 환
환 부교주와 한사녀를 보았다.

　환환의 고개가 밑으로 떨어졌다. 그러나 한사녀는 배교
주의 시선을 외면할지언정 고개는 숙이지 않았다.

　질식할 것만 같은 정적이 드넓은 지하 석실을 부유했
다. 배교주는 혀를 끌끌 차고는 다시 전면의 벽에 매달려
기절해 있는 천마검을 보았다.

　천마검을 노예로 만들려는 여덟 번째 역천배환대법(逆
天拜幻大法)이 또다시 실패로 돌아갔다.

　배교주는 기가 막혀 쓴웃음이 나왔다.

　인간이 역천배환대법에 버틸 수 있다는 것 자체가 말이
안 되는 일이다. 더구나 이곳은 천하에서 사기(死氣)와
음기(陰氣)가 가장 짙은 절강성의 태음산이 아닌가.

천마검 백운회.

놈은 굴복하거나 죽거나 미치는 세 가지 경우 중 하나만 선택할 수 있었다.

그러나 무려 여덟 번이나 대법을 시행했음에도 놈은 아직도 제정신을 유지하고 있었다. 더구나 이번의 실패는 배교주로서도 전혀 예상하지 못했다.

대주술사를 포함한 이백의 주술사가 동원되었다. 배교가 가진 주술사 전원이 대법에 참가한 것이다. 그런데도 실패한 것이다.

환당주가 정적을 깨고 말문을 열었다.

"교주님, 천마검은 포기하시는 것이 좋겠습니다."

폐기 처분하자는 말에 환환이 눈살을 찌푸리며 말했다.

"그건 안 됩니다. 지금까지 놈에게 들어간 비용을 생각하셔야 합니다. 수많은 영약과 약물이……."

환당주가 환환의 말허리를 끊고 들어왔다.

"바로 그게 문제입니다. 벌써 천문학적인 돈이 들어갔습니다. 게다가 주술사 스물한 명은 주술력을 잃었습니다. 부교주님, 이건 밑 빠진 독에 물 붓기입니다."

환환의 눈꼬리가 올라갔다. 계속되는 실패로 죄인 아닌 죄인이 되어 버렸다. 하지만 당주 따위가 자신의 말을 끊다니.

"환당주! 천마검의 팔다리가 검은빛을 띠기 시작했다.

이제 조금만 더 하면 놈은 우리의 노예가 될 것이야."

"부교주님, 가장 중요한 얼굴과 심장 부근, 그리고 단전 주변은 변하지 않았습니다."

"여기서 포기하면 우리는 천마검에게 지는 것이다."

"지금 우리 재정이 어떤 상황인지 알고 계십니까? 천하일통을 위한 전쟁도 돈이 있어야 할 수 있는 겁니다."

둘의 설전이 격화되려는 순간 배교주가 한 손을 들었다. 그러자 환환과 환당주가 고개를 숙이며 입을 다물었다.

배교주는 잿빛 눈동자로 천마검을 응시하며 피식 웃었다.

"크크큭."

화를 낼 것이라 생각했는데 웃음을 터트리자 환환과 환당주는 슬며시 고개를 들어 배교주의 안색을 살폈다.

배교주는 한참을 그렇게 웃다가 탁한 음성으로 말했다.

"역천배환대법을 경험한 적 있나?"

환환과 환당주는 곤혹스러운 표정으로 고개를 저었다. 특강시를 만드는 대법을 자신들이 왜 경험하겠는가?

배교주는 여전히 천마검을 보며 말을 이었다.

"아주 오래전 얘기지. 나는 아버지께 고통이란 것이 어떤 것이냐고 여쭌 적이 있었어."

"……."

"나는 무통증(無痛症)이다. 통증을 느끼지 못하지. 아!
전혀 못 느끼는 건 아니고 지독히 둔하다는 게 정확하겠
지."

환환과 환당주 그리고 한사녀의 눈이 동그래졌다. 처음
듣는 비밀이었다.

배교주는 앞으로 발을 내디뎌 천마검의 바로 앞에까지
다가가 말했다.

"아버지께서는 그런 나에게 역천배환대법을 베풀어 주
셨지."

"……!"

"물론 초기 단계에서 멈췄어. 내가 특강시가 될 건 아
니니까, 크크크."

그는 다시 웃음을 흘렸다. 그러면서 고개를 절레절레
젓고는 말했다.

"나는 아직도 그날을 아주 또렷하게 기억해. 왜냐하면
오랜 세월이 지났음에도 가끔 그날의 고통을 악몽으로 꾸
거든. 겨우 초기 단계였어. 반의 반 각도 안 되는 시간에
나는 영겁의 고통을 맛보았지. 주술사들도 열 명만 대동
했던 소규모의 시도였는데 말이야."

"……."

"그런데 지금 천마검은 본교의 주술사 전부가 동원되었
는데 무려 반 시진을 버텼어. 이게 말이 되나? 크크큭,

정말 말도 안 되는 거야. 사람이 어떻게? 나는 차라리 태
양이 서쪽에서 뜬다는 말을 믿겠어. 이놈은……."

배교주는 잠깐 멈췄다가 말을 이었다.

"상식이 통하지 않는 인간이야."

"……."

"불길해. 왜 그렇게 마교의 교주와 소교주가 천마검을
죽여야 한다고 강조했는지 이제야 알 것 같아."

그의 말에 환당주의 얼굴이 밝아졌다. 반면 환환은 낙
심한 표정으로 말했다.

"교주님, 천마검을 강시왕으로 만들려는 계획을 포기하
시는 겁니까? 그럼 지금까지 쏟아부은 비용이 다 날아가
는 겁니다."

환당주가 말을 받았다.

"부교주님은 지금 천마검과 자존심 싸움을 하고 계신
겁니까?"

정곡을 찔린 환환이 당황하자 배교주가 다시 손을 들어
둘의 입을 막았다.

"이건 부교주만의 잘못이 아니야. 나 역시 오판한 것이
지. 천마검이 버티면 버틸수록 더 가지고 싶었으니까. 이
런 놈이 내 수족이 된다면 얼마나 좋을까라는 욕심이 들
끓었지."

"……."

"하지만 여기까지야. 더 이상 이놈에게 얽매이면 우리의 대업에 차질을 빚을지도 몰라. 아쉽지만 천마검은 이쯤에서……."

배교주는 말을 멈추고 고개를 돌렸다. 그의 눈동자가 한사녀를 응시했다.

갑자기 시선을 받은 한사녀는 다시 고개를 살짝 돌렸다. 그러나 배교주는 시선을 거두지 않았다.

결국 한사녀가 배교주의 잿빛 눈동자를 보며 말했다.

"저에게 하실 말씀이라도 있으신지요?"

"화선부주는 어떻게 생각하나?"

"저, 저는 부교주의 의견처럼 아깝다는 생각이 듭니다. 지금 천마검을 폐기하기엔……."

배교주가 묘한 미소를 머금으며 고개를 저었다.

"아니, 내 질문은 그게 아니야."

"예? 그럼 무슨?"

"사람의 의지가 아무리 대단해도 버티는 데에는 한계가 있어. 방금 내가 말했듯이 나는 그 고통을 조금이나마 경험해 봐서 누구보다 잘 알지."

"……."

"혹시 누군가가 천마검을 돕고 있는 건 아닐까? 천마검이 버틸 수 있도록. 그래, 사실 답은 의외로 간단한 곳에 있을 때가 많지. 그리고 등잔 밑이 어두운 법이고."

한사녀의 눈동자가 거칠게 흔들렸다. 다행이라면 오늘은 눈까지 가리는 면사를 쓰고 있다는 점이었다.

배교주는 면사를 꿰뚫을 듯이 잿빛 눈동자를 빛냈다.

한사녀는 가능한 태연한 어조로 대꾸했다.

"저는 교주님이 무슨 말씀을 하시는지 모르겠습니다. 대체 누가 천마검을 도울 수 있단 말입니까?"

배교주의 입가에 어린 미소가 뒤틀렸다. 그리고 그가 천천히 한사녀를 향해 다가들며 말했다.

"화선부주, 지금이라도 진실을 말하면 용서해 주지. 너는 그냥 버리기엔 그 재능이 너무 아까우니까."

"저는……."

"거짓말은 안 돼. 네가 아무리 아까워도 더 이상 날 기만하는 건 용서할 수 없어."

배교주의 잿빛 눈동자가 차갑게 반짝였다.

2

한사녀는 뒤로 주춤 물러나며 단호하게 고개를 저었다.

"교주님, 제가 왜 천마검을 돕는단 말씀이십니까? 오해십니다."

교주의 말에 충격을 받은 환환이 얼굴을 왈칵 구기며 끼어들었다.

"그렇군. 네년이 천마검을 도운 거야. 그렇지 않고서야⋯⋯."

뒤로 물러나던 한사녀는 환환을 향해 거칠게 쏘아붙였다.

"닥쳐! 나는 그런 적 없어! 내가 왜 그런 바보 같은 짓을 하겠어?"

"모르지. 너는 아직 한창 나이고 천마검에게 반했을지도. 그래, 맞아. 가끔 네가 천마검을 바라보는 눈빛이 이상하다고 생각했어."

한사녀의 바로 앞까지 다가간 배교주가 어깨 위로 손을 들자 환환은 입을 다물었다.

배교주는 앞으로 팔을 뻗어 한사녀의 면사를 하얀 손가락으로 톡톡 건드렸다. 날카로운 손톱에 면사가 칼에 베인 것처럼 싹둑 잘려져 밑으로 나풀거리며 떨어졌다.

한사녀가 하얗게 질린 얼굴로 말했다.

"교주님, 믿어 주십시오. 제가 왜 그런 짓을 하겠습니까? 배신하면 저뿐만 아니라 본부(本府)의 사람들도 죽게 될 터인데."

배교주는 잿빛 눈으로 한사녀의 눈을 뚫어지게 보며 씩 미소 지었다.

"세상에서 가장 강력한 감정이 뭘까? 나는 공포라고 생각한다."

"교주님……."

"그런데 사랑이라는 통속적인 감정은 때때로 공포를 넘어서고는 하지."

"교주님, 제발. 저를 믿어 주십시오. 제가 천마검에게 사랑을 느끼다니, 당치도 않습니다."

"나는 계집을 믿지 않아."

한 발씩 계속 물러나던 한사녀의 등이 벽에 닿았다. 막다른 골목에 몰린 그녀가 간절하게 외쳤다.

"제 철천지원수가 무림맹주, 검황입니다! 그리고 교주님께서는 무림을 정복하실 테고요. 같은 목표가 있는데 제가 왜 교주님을 배신하겠습니까?"

"글쎄…… 네 어미는 검황에게 배신당하고 죽었지. 그 마지막 순간까지 네 모친은 검황을 믿고 사랑했다지? 그 순정의 피가 너에게도 흐르는 걸지도."

배교주의 손등이 그녀의 뺨을 천천히 쓸었다. 긴 손톱이 그녀의 눈앞에서 어른거렸다.

"교주님, 제발. 제 몰골을 보십시오. 얼굴 절반이 화상에 짓물렀습니다. 제 몸뚱어리는 어떻고요. 그런 제가 사랑이라니요?"

그녀는 악을 썼다.

교주는 의심병이 심했다. 문제는 그 의심에 관한 진실은 중요하지 않다는 점이었다. 의심이 드는 상대가 생기면 일단 목숨을 취했다.

그때 쇠사슬에 매여 있던 백운회가 한 차례 기침을 하고 천천히 눈을 뜨고는 말했다.

"시끄러워서 잠을 잘 수가 없군."

배교주, 환환, 환당주의 얼굴이 동시에 일그러졌다. 한 사녀 역시 놀란 눈으로 백운회를 보았다.

배교주는 눈살을 찌푸린 채 고개를 돌렸다. 환당주가 침음을 삼키며 입을 열었다.

"어떻게 벌써 정신을 차릴 수가? 하아아, 정말이지 저 놈은……."

백운회는 입안에 고인 침을 뱉었다. 피로 인해 붉은 침이 바닥에 떨어졌다.

그는 몸을 풀듯이 목을 한 차례 돌리고는 배교주를 향해 말했다.

"이봐, 늙은이."

"……!"

"수다는 나가서 떨어 주면 안 되겠나? 이 감옥은 내 방이라고. 뭐, 당신이 간절히 원한다면야 방을 바꿔 줄 수도 있긴 하지만 말이야."

배교주의 눈썹이 꿈틀거렸다. 그러나 그는 미소를 머금고 천마검을 보았다.

"정말 믿기지 않는 체력이군. 아니, 의지라고 해야 하나? 크크큭, 역시 이건 누가 돕지 않고서는 불가능해. 혹시 여기 화선부주가 자네를 돕지 않았나?"

백운회는 대꾸 없이 빙그레 웃었다. 그의 얼굴은 초췌했다. 그러나 그의 눈은 여전히 뜨겁게 살아 있었다.

배교주는 그런 천마검의 눈빛이 마음에 들지 않는다는 생각을 하며 다시 물었다.

"천마검, 너는 왜 아무런 말도 하지 않지? 방금 우리의 대화를 듣고 화선부주를 구하기 위해 무리하게 일어난 것 아닌가?"

"맞아."

백운회의 간결한 대꾸에 석실에 서 있는 네 사람의 눈동자가 동시에 흔들렸다. 백운회는 피곤한 기색으로 그들을 한 차례 훑고는 말했다.

"저 계집이 나에게 사랑한다고 말하더군. 그래서 나는 이 고통을 잊을 수 있게 해 달라고 말했지."

"……."

"그러니까 정체 모를 환약을 주기적으로 주더군. 덕분에 내가 아직도 버티고 있는 거야."

환환이 길길이 날뛰었다.

"역시 그랬구나. 한사녀, 네가 감히 본교를 능멸해? 우리를 배신하고도 살아남을 수 있을 것 같으냐?"

그의 말이 끝나기 무섭게 환당주가 혀를 차며 한심하다

는 눈빛을 지었다.

"부교주님, 지금 천마검은 거짓말을 하고 있는 겁니다."

"뭐? 놈이 왜?"

"우리끼리 싸움을 붙이고 있는 거잖습니까? 유치한 심리전입니다."

"……."

"화선부는 본교에 적지 않은 도움을 주고 있습니다. 그러니 천마검은 말 몇 마디로 우리가 실수를 하게 만들려는 것입니다."

백운회가 피식 웃고는 입맛을 다셨다.

"다 멍청하지는 않군."

잠시 침묵하던 배교주는 백운회를 노려보며 소리 없이 웃고는 말했다.

"어쩌면 천마검은 이걸 노리는 것일지도 모르지. 역발상! 네놈이 그리 나오면 우리가 반대로 생각할 것이라고……."

백운회가 고개를 건성으로 끄덕이며 배교주의 말꼬리를 삼켰다.

"맞아, 그걸 노린 거야. 그러니까 저 계집을 죽여 버리라고."

"……."

"싫으면 말든가."

사람들은 기가 찼다. 대체 지금 누가 갑이고 누가 을인
지 분간이 안 되는 상황이 아닌가?

한사녀가 천마검을 보다가 급히 배교주를 향해 말했다.

"저는 배신하지 않았습니다. 믿어 주십시오."

환환은 곤혹스러운 표정으로 관자놀이를 엄지로 꾹꾹
눌렀다. 환당주도 잔뜩 이맛살을 찌푸렸다.

다만 배교주는 조용히 미소를 머금고 있다가 말했다.

"해결책은 간단하지."

그의 말에 사람들의 시선이 배교주에게 몰렸다. 교주는
품속에서 비수를 꺼냈다.

그는 그 비수를 한사녀에게 건넸다. 얼떨결에 비수를
받아들은 한사녀가 물었다.

"이걸…… 왜 저에게?"

"네 결백을 증명해라. 그 비수로 천마검을 죽여라."

"……!"

"천마검의 목숨을 끊어라."

환당주가 반색하며 거들었다.

"묘책이십니다. 어차피 천마검은 폐기하기로 결정하셨
으니!"

한사녀는 태연함을 가장했지만 눈앞이 캄캄해졌다.

천마검과 밀약을 맺은 지 반년이 지났다. 그리고 이제

보름만 있으면 동짓달 그믐이었다. 탈출 계획도 다 세워 두었다.

그런데 여기에서 이렇게 꼬일 줄이야.

원래 사람 마음이란 것이 처음 주기가 어렵지 그다음부터는 대로행(大路行)이다.

반년 동안 한사녀는 천마검을 치료하면서 참으로 많은 대화를 나눴다. 아니 대부분 그녀가 말했고, 그는 들었다.

차가운 뱀 같은 여인이라, 한사녀로 불리는 그녀였지만 원래 그런 것은 아니었다.

검황의 배신으로 무너진 사문과 어머니의 죽음. 그로 인해 자신도 불길에 갇혀 죽을 뻔했다.

살아난 후, 복수만 꿈꾸며 살아왔다. 그 세월이 그녀를 한사녀(寒巳女)로 만들었지만, 천마검 앞에서는 어느 순간부터 소녀가 되었다.

자신보다 더 참담하고 고통스러운 상황에서도 묵묵히 버티는 그를 보며 한사녀는 그를 사랑하고 존경하게 되었다. 그리고 어느새 의지하고 있었다. 오랜 세월 웃음을 잃은 그녀였지만 천마검과 함께 있는 동안에는 늘 미소를 머금고 지냈다.

물론 그녀도 알고 있다.

괴물 같은 얼굴의 자신이 그를 사랑할 수 없음을.

짝사랑으로 끝날 것을 알지만 그것으로 족했다. 그와

함께 있는 시간만큼은 행복했으니까. 그 시간들을 평생 추억으로 안고 살아갈 수 있다는 것만으로도 가슴이 뿌듯했다.

시퍼렇게 날이 선 비수를 내려다보던 그녀는 고개를 들어 천마검을 보았다.

백운회가 웃으며 말했다.

"계집, 드디어 네년의 침술에서 벗어나게 되었구나. 그건 치료가 아니라 또 다른 고문이었지. 솔직히 그 뭐시기하는 대법보다 그게 더 고통스러웠다고. 크크큭."

한사녀는 아랫입술을 깨물었다. 지금 저 사람이 무슨 심정으로 저런 말을 하는지 알기 때문에.

저 사람은 지금 자신을 구해 주려고 노력하고 있었다. 그래서 더욱 가슴이 아렸다.

환환이 고개를 갸웃거리다가 한사녀에게 물었다.

"뭘 망설이는 거지? 너 설마 진짜로 천마검을 도운 거냐?"

한사녀는 울지 않기 위해 더욱 독하게 표정을 짓고는 냉랭하게 말했다.

"그럴 리가 있겠어?"

"홋, 그렇겠지. 너 같이 흉측하게 생긴 년이 무슨 사랑을."

한사녀는 앞으로 성큼성큼 걸었다. 그녀는 배교주를 지

나쳤다. 그리고 환환과 환당주도 지나쳤다.

그렇게 그녀 앞에 백운회만 남게 되자 그녀의 얼굴이 부르르 떨렸다. 울음이 새어 나올 것 같아서 입술을 꽉 깨물었다.

그녀는 약해지면 안 된다고 속으로 외쳤다.

여기에서 머뭇거리면 자신은 죽게 된다. 그것뿐만 아니라 자신만 믿고 따르는 화선부의 사람들도 고초를 당하게 될 것이다.

어머니 때문에 노예처럼 지내는 그들을 자신의 실수로 두 번 나락에 떨어뜨릴 수는 없었다.

그녀는 어금니를 깨물고 말했다. 덜덜 떨리는 입가를 진정시키기 위해 입술에 힘을 주었다.

"천마검."

"뭐냐? 계집."

"남길 말이라도 있나?"

그 물음에 환환이 짜증스러운 얼굴로 말했다.

"한사녀, 지금 뭐하는 거야?"

"죽을 사람인데 유언 정도는 들어 줘도……."

"뭔 개소리야?"

한사녀의 커다란 눈에 습막이 퍼졌다. 백운회가 말했다.

"단칼에 끝내 주면 고맙겠군."

"그게 유언인가?"

"……."

"……."

"혹시 천랑대 소식 아는 것 없나?"

질문은 그녀에게 했지만, 실상은 배교주에게 던지는 것이었다.

배교주는 피식 웃고 입을 열었다.

"화선부주, 놈의 숨통을 끊어라."

한사녀는 비수 쥔 손을 들어 올렸다. 애써 외면하던 천마검의 눈동자가 한사녀의 눈에 들어왔다.

그 눈은 분명 웃고 있었다.

그리고 말하고 있었다.

괜찮다고.

백운회는 고개를 들어 허공을 보았다. 그리고는 엷은 미소로 중얼거렸다.

"늘 뜨겁게 살았다고 생각했는데……. 그게 전부는 아닌가 보군. 뜨겁게 살다 간다면 후회 같은 것은 없을 줄 알았는데. 아니면 나는 제대로 뜨겁지 못했던 걸까?"

백운회는 문득 천류영이 떠올랐다.

서슬 퍼런 자신의 앞에서 기죽지 않고 사람을 믿어야 한다고 외치던 녀석.

백운회는 피식 웃었다.

"그런가? 결국 사람이었던 건가? 사람이…… 그립군. 어쩌면 나는 천하가 아니라 사람을 그리워한 것일지도. 같은 꿈을 꾸는 동료들과 함께 나아가는 과정이 즐거운 것이었을지도. 후후후. 왠지…… 외롭군."

순간 한사녀의 눈에서 눈물이 왈칵하고 쏟아졌다. 그녀의 어깨에서 일기 시작한 잔경련이 전신으로 퍼져 나갔다.

그런 그녀의 뒷모습을 본 배교주의 스산하게 웃는 소리가 석실을 울렸다.

한사녀는 눈물을 흘리며 미소를 머금었다. 그리고 한차례 심호흡을 하고는 입을 열었다.

"사랑 때문에 모든 것을 잃은 어머니를 증오했어요. 이기적인 어머니 때문에 모두가 망가졌죠."

배교주의 웃음소리가 커졌다. 환환과 환당주는 어이없는 표정으로 한사녀의 뒷모습을 노려보았다. 그리고 백운회는 들었던 고개를 내려 한사녀를 보았다.

한사녀는 자신을 보는 백운회를 보며 허탈한 미소를 머금었다.

"그런데 저도 어쩔 수 없네요. 배교주의 말처럼…… 같은 피가 흐르네요."

백운회는 굳은 얼굴로 그녀를 향해 말했다.

"당신은…… 바보군."

"제 이름은 하연(夏蓮)이에요. 한번만 불러 줄래요?"

백운회는 안타까운 눈빛으로 천천히 말했다.

"하연…… 대체 왜?"

"고마워요. 그것으로 나는 죽어서도 외롭지 않을 거예요."

그녀는 빙그레 미소 짓고는 돌아섰다. 그 순간 그의 손에 쥐어 있던 비수가 허공을 날았다. 동시에 그녀의 소매 속에서 침들이 쏟아져 나왔다.

쇄애애액.

웃고 있던 배교주가 하얀 손을 뻗어 흔들었다. 그러자 무형의 기운이 일어났다.

퍼어어엉.

교주의 장력에 비수가 튕겨 나갔다. 환환과 환당주는 몸을 움직여 한사녀의 침들을 피했다.

한사녀, 아니, 하연은 이를 악물고 배교주를 향해 몸을 날렸다.

승산이 없다는 건 이미 잘 알고 있었다. 그러나 배교주에게 작은 부상이라도 입히고 싶었다.

그녀가 백운회에게 말한 두 번째 소원은 자신과 화선부의 제자들을 노예처럼 착취하고 있는 배교주를 죽여 달라는 것이었다.

그녀는 날랜 제비처럼 앞으로 쭉쭉 뻗어 나가 배교주의

지척까지 다다랐다. 방금 비수를 쳐낸 배교주는 묘한 미소로 하연을 보고 있었다.

파라라라.

하연의 팔이 움직이며 다시 소매 속에서 침들이 쏟아졌다. 배교주의 신형이 흐릿해지더니 갑자기 사라졌다. 때문에 하연의 침들은 애꿎은 허공을 지나가 벽에 박혔다.

턱!

이형환위의 신법을 보인 배교주는 하연의 뒤에서 나타나 그녀의 뒷목을 움켜쥐었다.

"아!"

하연은 자신도 모르게 탄식을 뱉었다. 그녀의 고막에 천마검이 '하연!'이라고 외치는 소리가 박혔다. 그녀는 허리를 빙글 돌렸다.

목뼈가 부러져도 상관없다는 공격이었다.

그러나 배교주의 손이 더 빨랐다. 그의 하얀 손이 그녀의 등을 찍었다.

내가중수법.

암흑의 기운이 그녀의 몸 안으로 침투해 내장을 뒤흔들었다.

"커흑!"

반격을 노리던 하연의 신형이 잘게 떨렸다.

백운회가 다시 하연을 외쳤다. 배교주는 그런 백운회를

흘낏 일견하고는 잔인한 미소를 피어 올렸다. 그리고 그녀의 등에서 손을 뗐다가 다시 가격했다.

퍼억!

"아악!"

단말마와 함께 그녀의 입에서 피분수가 터졌다. 그녀는 고개가 젖혀진 채로 부르르 떨다가 털썩 무릎을 꿇었다.

"하연!"

앞으로 쓰러지던 그녀는 고개를 돌려 자신의 이름을 부르는 천마검을 보았다. 흐릿해지는 시야로 그 사람이 보였다. 그녀의 입가가 호선을 그리며 미소를 머금었다.

쿵.

그녀가 쓰러졌다.

배교주에게 다가온 환환이 이를 갈다가 말했다.

"교주님, 당장 화선부의 계집들을……."

배교주가 말을 끊었다.

"그대로 두어라."

"예?"

"귀한 노예들이야. 그런 재능은 쉽게 얻을 수 있는 것이 아니지."

"그건 그렇지만……. 하지만 이 계집이 딴마음을 품고 있었다면 화선부의 계집들도 알고 있었을 겁니다. 죽이지는 않더라도 따끔하게 혼을 내야 합니다."

환당주가 모처럼 동의하고 나섰다.

"알건 모르건 그냥 넘어갈 수 없는 일입니다."

그때 쇠사슬이 끌리는 소리가 들렸다.

스르르릉, 쿵. 스르르릉, 쿵!

백운회가 팔과 다리를 움직이려고 애를 쓰는 것이다.

환환이 피식 웃고는 말했다.

"천마검, 그건 만년한철이다. 끊고 싶다고 끊을 수 있는 게 아니야."

그럼에도 백운회는 팔을 움직였다. 그의 팔 근육이 부풀어 올라 힘줄과 핏줄이 툭툭 불거졌다.

스르르릉, 쿵! 스르르릉, 쿵.

"으아아아아!"

백운회는 비명 같은 고함을 지르며 팔을 계속 앞으로 뻗었다.

역천배환대법으로 이미 눈의 실핏줄이 터져 있는 그의 눈에서 피눈물이 흘렀다.

백운회는 스스로가 한심하고 모멸스러웠다.

천하를 구하겠다는 포부를 가지고 살아왔다. 그러나 천하는커녕 수하들과 동료들도 지키지 못했다. 그리고 이제는 자신을 구하기 위해 목숨을 던진 한 명의 여인조차 도울 수가 없었다.

"으아아아아!"

스르르릉, 쿵! 스르르릉, 쿵!

손목과 발목에 채워진 족쇄 주변으로 피부가 찢어지며 피가 흘렀다.

환당주가 혀를 차다가 말했다.

"제가 숨통을 끊겠습니다."

배교주는 낮게 웃다가 고개를 저었다.

"혼자 지랄 발광하다가 죽는 것도 나쁘지 않겠지. 모처럼 재미있는 구경인데 그냥 두어라."

백운회는 자신의 몸이 산산조각 난다고 느꼈다. 그러나 그 고통보다 가슴에 가득한 울분과 슬픔이 훨씬 더 컸다.

그리운 이들의 얼굴이 머릿속에서 점멸했다.

관태랑, 폭혈도, 귀혼창, 수라마녀, 마령검 그리고 천랑대의 수하들. 흑랑대주 초지명과 그가 아끼는 두 조장인 몽추와 파륵.

수많은 사람들이 번개처럼 나타났다가 더 빠른 속도로 사라졌다. 그들의 얼굴을 천천히 보고 싶은데 너무 빨리 사라져 버렸다.

그들은 아직까지 잘 버티고 있을까? 아니면 이미 저승에 있을까?

스르르릉, 쿵!

그는 끊임없이 팔을 뻗었다.

"으아아아아!"

뻗고 또 뻗었다.

그것을 황당하게 지켜보던 삼 인의 눈에 당혹스러움이 어리기 시작했다.

벽에 금이 가기 시작한 것이다.

환환이 입을 쩍 벌리고 기함했다.

"말도 안 돼!"

정말이지 천마검은 상식이란 것을 너무도 자주 깨 버렸다. 단전이 제압된 인간이 순수한 근력으로만 저런 힘을 보일 수 있다니!

환당주가 물었다.

"쇠사슬은 벽에 얼마나 깊이 박혀 있는 겁니까?"

"그, 그걸 내가 어떻게 아나?"

배교주가 발작하듯 움직이는 백운회를 쏘아보다가 말했다.

"끝까지 피곤하게 만드는 놈이군. 당장 죽여라!"

환당주가 고개를 숙이며 답했다.

"존명!"

그 순간 백운회의 오른팔을 매어 둔 만년한철의 쇠사슬이 벽 속에서 허공으로 튀어나왔다.

3

벽에서 튀어나온 쇠사슬이 길게 호를 그리며 허공을 날았다.

백운회를 죽이려 다가가던 환당주는 자신을 향해 날아오는 쇠사슬을 보고는 기함했다.

"허억!"

그는 너무 놀라 자리에 주저앉았다. 그런 환당주의 코앞으로 쇠사슬이 떨어져 바닥을 쳤다. 몇 치만 더 앞에 있었다면 얼굴이 갈라졌으리라.

콰아아앙.

바닥의 돌들이 마치 종잇장처럼 찢어지며 돌가루를 날렸다. 환환 부교주가 한 차례 몸을 움찔 떨었다가 장력을 뿜어냈다.

퍼어어엉.

묵빛의 장력이 천마검의 몸을 강타했다.

"크으으윽."

환당주도 자리를 박차고 일어나 장풍을 쏘았다. 그렇게 환환과 환당주가 몇 차례 공격을 해 댔다. 구속되어 있는 백운회는 그 공격에 속수무책으로 얻어맞고는 이내 축 늘어졌다.

"크크큭."

백운회는 마치 흐느끼듯 웃음을 흘렸다. 그는 힘겹게 고개를 들어 하연을 보고는 탄식했다. 그리고 배교주를 보며 말했다.

"늙은이."

배교주의 **뺨**은 경련을 일으키고 있었다.

천마검 백운회.

정말이지 미치도록 가지고 싶은 놈이다. 지금 이 순간
만큼은 천하와도 바꿀 수 있을 정도였다.

백운회는 피를 흘리며 말을 이었다.

"오래 행복하게 살아라."

"……?"

"저승에 오면 내가 널 아주 비참하게 만들어 줄 테니
까."

그 말을 끝으로 그의 고개가 힘없이 떨어졌다.

환당주는 실신한 천마검을 보면서 몇 차례 심호흡을 했
다. 아까 놀란 심장이 아직도 거칠게 뛰고 있었다.

그는 이를 갈다가 허리의 장검을 **뽑**아 들고는 백운회에
게 다가갔다. 그때 환환이 **빽** 소리를 질렀다.

"잠깐, 잠깐만 멈춰라!"

환당주가 눈살을 찌푸리며 멈췄다. 그러자 이번엔 배교
주가 말했다.

"그래, 멈춰라. 칼을 거둬라."

환당주는 고개를 갸웃거렸다. 교주와 부교주의 음성에
서 묘한 열기가 느껴졌다.

환환이 말했다.

"변하고 있습니다."

배교주가 고개를 주억거렸다.

"그래, 그렇군."

그 둘의 흥분한 대화에 환당주는 다시 백운회를 보았다. 그리고 환당주 역시 흥분해 숨을 들이켰다.

백운회의 단전 부근과 심장이 있는 가슴 어림이 검게 물들고 있었다.

환환이 쌍수를 들고 외쳤다.

"효과가 있는 겁니다. 앞으로 한두 번만 대법을 더하면 천마검은 우리의 노예가 될 겁니다."

배교주 역시 눈을 번뜩이며 말했다.

"크크큭. 이젠 화선부주가 돕지 못할 테니까 분명 그럴 것이다."

더 소모해야 할 비용이 환당주의 뇌리를 스쳤다. 하지만 그 역시 엷은 미소를 지었다.

천마검을 드디어 수중에 넣을 수 있다는 희망이 보였다. 구악과 같은 무적의 특강시가 또 하나 생기는 것이다. 그런데 여기서 포기하는 건 어리석은 짓이었다.

그러다 한 가지 생각이 떠올라 교주에게 물었다.

"교주님, 한사녀는 죽이신 겁니까?"

교주가 피식 웃고 말했다.

"내가 말했잖느냐? 죽이기엔 재능이 아깝다고. 두고두고 노예로 부려먹어야지. 그저 앞으로는 딴 생각을 품지 못하게 이번 기회에 버르장머리를 제대로 고쳐 줘야겠지."

환환과 환당주가 미소를 머금었다.

*　　　　*　　　　*

까무룩 정신을 잃었던 백운회는 의식을 차렸다.

석실의 벽에 걸린 횃불의 송진 타는 소리가 미약하게 들렸다.

"크크큭. 나는 아직 살아 있는가?"

그는 씁쓸하게 웃었다. 놈들이 자신을 죽이지 않았다는 것은 아직 미련을 버리지 못했다는 의미였다. 아마 그건 기절하기 전 얼핏 본 자신의 육체 때문이리라.

검게 물들어 버린 몸.

백운회는 눈을 뜨지 않았다. 아니, 뜨지 못했다.

태어나 처음으로 그는 외로움을 느꼈다. 낯선 세계에 오로지 혼자만 있는 것 같은 느낌.

그 막막함은 어느새 두려움으로 변해 갔다.

두려움의 실체가 무엇인지도 모른 채 그는 두려웠다.

천랑대를 비롯해 많은 동료와 수하들이 이미 저 세상으

로 떠났을지도 모른다는 생각 때문일 수도 있고, 하연을 지켜 주지 못한 자책 때문일 수도 있었다.

아니면 반년이 넘는 그 지옥보다 더한 고통 속에서 유일한 위안이었던 그녀를 다시 보지 못한다는 것이 겁나는 일일 수도 있었다.

혹은 어차피 눈을 떠 봐도 무기력한 자신만 보게 되는 것이 두려운 것일 수도 있었다.

자신이 정신을 잃기 전, 몸이 검게 물드는 것을 본 충격도 떠올랐다.

그런 생각들을 하던 백운회는 스스로의 모습에 놀랐다. 자신이 두려워하는 것이 이렇게나 많았던가?

저절로 실소가 흘러나왔다.

어린 나이에 노예병으로 전장에서 뒹굴면서 죽는 것조차 무서워하지 않던 자신이었다.

죽음이 두렵지 않은데 무엇이 두렵겠는가?

그는 늘 그런 생각을 가지고 살아왔다.

그런데 정말로 두려운 것은 죽음이 아니란 것에 생각이 미쳤다.

그건 묘한 깨달음이자 충격이었다.

그는 천천히 눈을 떴다.

흐릿한 횃불 아래 지하 석실은 음울한 분위기를 자아내고 있었다.

환환이 자신을 괴롭혔던 고문기구들이 비치된 탁자가 맞은편 벽에 있었고, 하연이 정성껏 치료해 주던 침상도 눈에 들어왔다.

그는 자신의 몸을 훑었다.

손목과 발목뿐만 아니라 허리와 허벅지에도 단단한 쇠사슬이 고정되어 있었다. 한 번 혼쭐이 난 배교도들이 단단히 준비를 한 것이다.

백운회는 기이한 감정이 전신을 스치는 기분이 들었다. 그건 뭐라 형용할 수 없는, 말 그대로 이상한 느낌이었다.

육신은 꼼짝도 할 수 없는데 해방감이 들었다.

그때 그의 뇌리로 이상한 목소리가 파고들었다.

'날 풀어 줘.'

'지겨워. 정말 지겨워.'

이곳에서 죽어 간 이들의 사념일까?

백운회는 눈살을 찌푸렸다. 이제 결국 미쳐 가나라는 생각마저 들었다. 하지만 지금껏 그를 지탱해 온 자존심이 그것을 용납하지 않았다.

그는 최대한 몸과 마음을 비우려고 노력했다.

"……!"

그의 눈에 파문이 일었다. 그는 고개를 내려 자신의 몸을 훑었다.

흐릿한 횃불 하나가 전부였지만 자신의 몸은 확실히 까맣게 물들어 있었다.

그런데 놀랍게도 단전이 활성화되어 있었다.

"대체 이게?"

그는 고개를 갸웃거렸다. 배교의 점혈법은 매우 복잡하고 지독했다. 그래서 어떻게 해도 마혈을 풀 수가 없었다. 그런데 언제 마혈이 풀린 것일까?

기절하기 전 폭주했던 것 때문일까?

검게 물드는 육체와 관련이 있을까?

아니면 방금 전 묘한 깨달음을 얻어서일까?

어쩌면 세 가지 모두가 영향을 미쳤을 수도 있고 다른 요인이 작용했을 수도 있었다.

백운회는 천천히 단전을 회전시키며 생각했다.

풀 수 있을까?

불가능했다. 아무리 내공을 쓴다고 해도 만년한철을 끊는 것은 어불성설이다. 무리를 해서 벽을 뜯어낸다면 자신은 공력을 소진할 것이 자명했다. 그리고 그 소란에 배교도들이 몰려올 것이다.

체력이 현저하게 약한 현재로서 그건 지극히 어리석은 선택이다.

어쨌든 백운회는 천천히 운기행공을 시작했다. 그리고 그는 당혹감에 휩싸였다.

진기의 성격이 바뀌었다!

마기(魔氣)가 다른 기운과 뒤섞여 있었다. 그 다른 기운이 무엇인지 백운회는 직감했다.

죽음의 기운인 사기(死氣)였다.

백운회는 고민에 휩싸였다.

마기와 사기가 뒤엉켜 있는 지금 계속 운기행공을 한다면 주화입마로 폐인이 되기 십상이었다. 그렇다고 행공을 멈추고 계속 방치한다면 두 기운이 제멋대로 뒤엉켜 결국 단전과 혈도가 망가질 터였다.

그가 선택할 수 있는 방법은 두 가지였다.

어떻게 해서든 두 기운을 조화시키거나 사기를 몰아내는 것.

전자(前者)는 어떤 책에서도 그리고 누군가로부터 들어본 적도 없는 위험한 일이었다. 특히나 죽음의 기운은 살아 있는 사람에게 결코 좋은 영향을 줄 수 없었다.

당연히 후자(後者)인 사기를 몰아내려던 백운회는 눈을 빛내며 입술을 깨물었다.

오래전 천마동에서 천마조사가 남긴 마지막 심득의 구절이 떠오른 것이다.

"진정한 마(魔)의 힘은 죽음을 바탕으로 그 위에 존재하지 않을까? 죽음을 뛰어넘어서 죽음까지 지배하는 힘이야말로 모든 마인들이 꿈꾸는 마신(魔神)의 경지가 아닐까?"

그건 천마의 깨달음이라기보다는 의문이었다. 그는 반인륜적이고 패륜적인 배교를 마교에서 축출한 장본인이다. 그러나 그는 배교도들이 연구하던 죽음의 기운에는 흥미를 느끼고 있었던 것이다.

백운회는 입술을 잘근잘근 깨물었다.

단전을 회복했어도 만년한철에 묶인 몸으로는 탈출이 불가능했다.

잠깐 고심을 한 그는 피식 웃었다.

자신의 운명은 어렸을 때부터 도전이 아니었던가?

지금 그것을 회피할 이유가 뭐가 있겠는가!

또한 배교도들은 대법을 시전한 후에는 다음 대법을 위한 체력을 위해 열흘이나 보름 정도는 고문을 하지 않았다.

"기회군."

죽느냐 사느냐의 선택이 아니었다. 앞으로 나아가느냐 머무르느냐의 문제였다. 그것이 결국 생사(生死)를 가르는 것이다.

애초에 생사라는 것은 그전의 선택으로 오는 후차적인 결과일 뿐.

백운회는 주먹을 움켜쥐며 입술을 꾹 깨물었다가 중얼거렸다.

"나는 천마검 백운회야."

그는 전진을 선택했다. 지금껏 늘 그래 왔던 것처럼.

바야흐로 마신 무적행(魔神無敵行)이란 전설의 시작점이었다.

4

독고세가의 후원에 자리한 삼층 전각.

"여기는 천 공자의 침실이에요. 그리고 위층은 집무실 겸 서재로 꾸몄어요. 본가에서 가장 조용한 곳이니 마음에 드실 거예요."

독고설의 음성은 들떠 있었다. 그녀의 안내를 따라 침실을 둘러보고 서재로 들어간 천류영은 자신도 모르게 한숨을 내쉬었다.

침실과 서재가 너무 화려했기 때문이었다.

"소저, 저는……."

그는 말을 잇지 못했다. 독고설의 긴장한 표정이 눈에 들어온 탓이다. 그녀가 침을 삼키며 물었다.

"마음에 들지 않으세요?"

"……."

"지적을 해 주시면……."

천류영은 고개를 저으며 엷은 미소를 머금었다. 비단 보료에서 잠이 잘 올지는 모르겠지만 이건 이 사람들의 마음이었다. 그리고 그동안 어머니와 누이동생이 어떻게 지냈을지 짐작이 가서 고마워졌다.

"너무 훌륭해서 과연 제가 머물러도 되는지 모르겠습니다. 감사합니다."

그의 말에 눈치를 살피던 독고설의 얼굴이 환해졌다.

"다행이에요."

천류영은 책상 위에 수북이 쌓여 있는 종이 더미를 보고는 물었다.

"저건 저에게 온 것들입니까?"

"예, 사천의 동지들께서 거의 달포마다 서찰을 한 통씩 보냈어요. 그 무뚝뚝한 낭왕께서는 보름마다 보내셨고요. 아! 백호단과 현무단은 지금 사천 분타에 머무르고 있어요. 알고 있었나요?"

천류영은 겸연쩍은 표정으로 뒤통수를 긁적였다.

"몰랐습니다."

"무적검 한 대협께서는 사천분타의 분타주세요."

"낭왕과 능운비 단주께서 한 대협을 보좌하고 있는 것이군요."

"그런 셈이죠. 하지만 한 대협께서는 오히려 자신이

낭왕 대협을 보필하고 있다고 매일 투덜거린대요. 호호호, 어쨌든 재미있게 잘 지내는 것 같아요. 매일같이 두 분이 비무를 하는데 장난 아니라고 들었어요. 덕분에 능운비 단주께서는 혼자 실무를 처리하느라 죽을 고생이래요."

천류영은 빙그레 웃으며 고개를 끄덕였다.

"모두들 바쁘게 사시는군요."

"천 공자가 모용 언니한테 부탁한 정보들은 이쪽에 두었어요. 그리고 본가가 자문을 구하는 서류도 조금 있고요. 급한 건 아니니까 시간을 두고 천천히 보시면 돼요."

그녀는 종달새처럼 끊임없이 말했다. 평소 말이 많지 않은 그녀지만 천류영 앞에서는 쉬지 않고 말을 해 댔다. 마치 자신과 대화를 나누고 있는 사람이 천류영이란 것을 확인하는 것처럼.

천류영은 고개를 주억거리며 책상가로 가서 봉투에 적힌 이름들을 확인하며 물었다.

"광혈창 채주에게선 연락이 없었습니까?"

"아! 맞다. 그때 마부였던 부두령이란 사람이 두 달 전에 몰래 다녀갔어요. 그 사람이 전해 달라는 서신은 책상 밑 두 번째 서랍에 있어요."

"혹시 천마검의 생사에 대한 소문이나 정보는 없습니까?"

독고설은 고개를 저었다.

"없어요. 죽은 거겠죠."

"……"

"마교 내부에서 일어난 분열은 달포 전인가 사실상 끝났다고 들었어요."

천류영은 묘한 한숨을 내쉬고는 고개를 끄덕였다.

"반년도 가지 못했군요."

"예. 천 공자가 예상한대로 구심점이 되어야 할 천마검이 없으니 그리된 것이죠. 어쨌든 그로 인해서 정파의 분위기는 뒤숭숭한 편이에요. 겨울이 지나면 마교가 재침공을 할 것이란 소문이 돌고 있어요."

"그럼 천랑대와 흑랑대는?"

독고설은 어깨를 으쓱하며 대꾸했다.

"여전히 도망자 신세죠."

"……"

"재미있는 건 그들이 마교의 토벌대에 아직 당하지 않아서 정파가 약간이나마 여유가 있다는 거예요."

천류영은 고개를 끄덕였다.

"마교의 입장에서는 재침공 전에 반란군을 완전히 소탕하고 싶을 테니까, 분란의 씨를 남겨두고 싶지 않을 테니까."

"바로 그거예요."

천류영은 의자에 앉았다. 그리고 수북이 쌓여 있는 봉투 중 하나를 들고는 서신을 꺼내 펼쳤다. 그 모습에 독고설이 한숨을 쉬며 고개를 젓고는 말했다.

"설마 바로 일하려는 건가요?"

천류영이 순간적으로 멈칫했다가 소리 없이 웃었다.

"일이 쌓여 있는 것을 보고 깜빡했습니다. 가주님을 먼저 뵈어야 하는데……. 기다리시겠군요."

천류영이 자리에서 일어나자 독고설이 말했다.

"아버지는 사냥을 나가셨어요. 요즘 민가에 출몰하는 호랑이가 있어서요."

"아! 그렇군요."

천류영은 고개를 주억거리며 다시 의자에 앉았다. 그러자 독고설이 책상 앞으로 다가와 말했다.

"눈보라를 헤치고 밤새 온 거잖아요. 좀 쉬어야죠."

천류영은 어깨를 으쓱하며 빙그레 웃었다.

"저는 괜찮습니다."

"제가 안 괜찮아요. 제가 지금 궁금한 게 얼마나 많은데…… 참고 있어요. 천 공자가 쉬어야 하니까."

천류영은 조금 어이가 없어서 웃음이 나올 뻔했다.

쉬어야 한다고 힘주어 말하는 사람이 이렇게 계속 말을 건네고 있다니.

어쨌든 천류영은 다시 괜찮다고 말하려다가 입술을 꾹

깨물었다. 자신을 바라보는 독고설의 눈에 어린 고집은 결연했다.

"천 공자, 쉬셔야 해요."

잠깐의 침묵.

독고설은 양보할 수 없다는 듯이 천류영을 계속 빤히 바라보았다. 결국 천류영이 고개를 끄덕이며 자리에서 일어섰다.

"알겠습니다. 오늘은 쉬겠습니다."

앙 다문 독고설의 입술이 스르르 풀어졌다.

"곧 따뜻한 목욕물이 준비될 거예요. 씻고 푹 주무세요. 그동안 많이 힘들었을 텐데……."

"예."

그렇게 대화가 끊겼다. 그러나 서로는 서로를 마주 보며 가만히 있었다.

독고설이 뭔가 망설이는 표정으로 말했다.

"또 나 몰래 사라질 계획이 있으신가요?"

천류영이 쓰게 웃으며 입맛을 다셨다.

"그날은 소저께서 이미 침소에 들어서……."

독고설이 입술을 쭉 내밀고는 천류영의 말을 중간에서 받았다.

"그러니까 내가 잠들어 있으면 앞으로도 그때처럼 사라질 수 있다는 거네요."

"⋯⋯."

"그러지 말아요."

짧은 말이었지만 그 안에 담긴 간절함이 천류영의 가슴에 박혔다.

"알겠습니다."

독고설의 입이 귀까지 걸렸다.

"약속한 거예요."

"예."

"그럼 쉬세요."

독고설은 돌아서 밖을 향해 걸었다. 그런데 그녀는 한 걸음을 걷고 뒤돌아보고 다시 한 걸음을 걷고 또 돌아보았다.

천류영이 의아한 얼굴로 물었다.

"하실 말씀이 남았습니까?"

"아니, 그게⋯⋯."

"⋯⋯?"

"돌아보면 또 사라져 버릴 것 같이 불안해서요."

"⋯⋯."

"쉬어야 하는데⋯⋯ 미안해요. 그리고 건강하게 돌아와서 고마워요. 음, 그리고 그동안 무슨 일이 있었는지 저에겐 얘기해 줄 거죠?"

그녀는 대답도 듣지 않고 문을 닫았다. 그리고 자신의

가슴에 조용히 손을 올렸다.

두근, 두근두근.

그가 이곳에 있다는 것만으로 마치 세상이 내 것 같은 기분이 들었다. 그를 안고 싶은 충동을 몇 번이나 억눌렀는지 기억도 나지 않았다.

그녀는 행복해 어깨를 들썩이다가 달려 나가며 시녀를 불렀다.

"소소! 목욕물 아직 준비 안 됐어? 빨리빨리! 천 공자께서 닦지도 못하고 잠들면 어떻게 해?"

씩씩한 목소리가 복도를 울렸다.

안에까지 들려오는 그 활기찬 음성에 천류영은 미소 짓다가 의자에 앉았다. 그리고는 조금 전에 펼쳤던 서찰을 읽기 시작했다.

그리고 일각 후, 독고설이 소소란 시녀와 함께 다시 서재에 와서 그를 불렀다.

"천 공자, 목욕물이 다 데워졌어요."

"……."

"천 공자."

여전히 안에서 아무 대꾸가 없자 독고설이 문을 열고 안으로 들어섰다. 그리고 피식 웃고는 고개를 절레절레 저었다.

소소가 따라 들어와 난감한 표정을 지었다.

천류영은 책상에 머리를 박은 채 세상모르고 잠들어 있었다.

"아가씨, 깨울까요?"

"아냐, 잠이 더 급해 보이잖아."

"키키킥. 그렇게 보이네요."

"새벽에 미안."

"에효, 무슨 그런 말씀을 하세요. 그런데 아가씨?"

천류영을 주시하던 독고설이 고개를 돌려 소소를 보았다. 그러자 소소가 입을 가리고 웃고는 말했다.

"그렇게 저분이 좋으세요?"

독고설은 진심으로 당황했다. 그녀는 천류영이 여전히 꿈나라인 것을 확인하고는 낮게 반문했다.

"티 나?"

"풋, 아가씨 지금 얼굴이 어떤지 아세요? 그걸 어떻게 몰라요?"

"음……. 그 정도야?"

소소는 이런 독고설을 신기한 듯이 보다가 시선을 천류영에게 옮겼다.

"그런데 저분이 그렇게 대단하신 분이세요? 그냥 평범해 보이는데. 저런 분이 어떻게……."

"그만, 깨시겠다."

독고설은 조용히 천류영에게 다가가 내공을 끌어 올렸

다. 체력만으로 천류영을 침소로 옮기기는 쉽지 않을 테니까.

소소가 손사래를 치며 낮게 말했다.

"아가씨! 왕구 불러올게요. 왜 아가씨께서 직접 그러세요?"

"내가 할 거야. 그러니까 소소는 이제 들어가서 쉬어."

"아니, 그래도."

"괜찮다니까. 어서 들어가."

독고설은 잔뜩 내공을 끌어 올린 상태로 책상에 엎드린 천류영을 조심스럽게 젖혔다.

그 순간 천류영의 눈이 번쩍 뜨이더니 그의 주먹이 번개처럼 날았다.

퍼억!

"컥!"

독고설이 눈을 맞고 고개를 젖히며 단말마를 터트렸다. 잠결의 천류영은 연이어 주먹을 뻗었다.

퍽, 퍽!

가슴과 배 그리고 앞으로 고꾸라지는 독고설의 얼굴을 잡고는 무릎으로 그녀의 이마를 찍었다.

콰직!

전혀 생각도 못하다가 뒤로 나자빠지는 독고설은 그저 한 마디를 뱉는 게 전부였다.

"왜?"

창졸지간에 일어난 사고에 소소가 경악해 물러서다가 비명을 질렀다.

"까아아악! 처처처처, 천 공자가 아가씨를 패요!"

그녀의 고함이 전각을 울렸다.

제2장
나는 당신이 싫어요

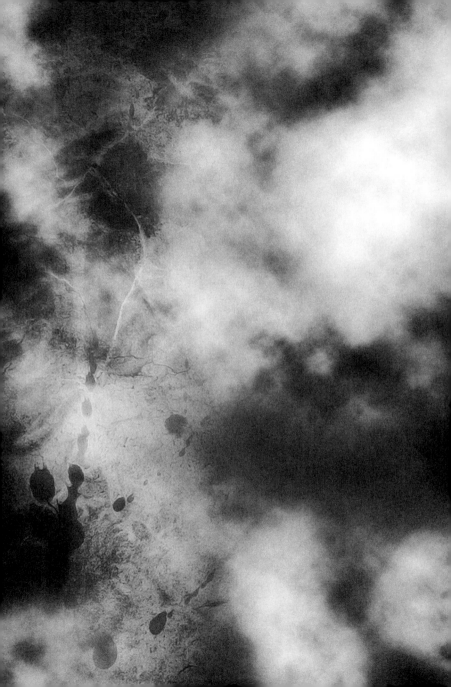

1

"푸흐흐흐."

조전후는 입술을 깨물어 보았지만 결국 잇새로 웃음을 흘리고 말았다.

이마에 혹이 나고, 눈은 시퍼렇게 멍든 독고설의 모습이 그렇게 웃길 수가 없었다.

계란으로 눈 주위를 굴리던 독고설은 그런 조전후를 째려보았다.

"그렇게 제가 웃겨요?"

조전후는 손으로 입을 틀어막고는 호흡을 고른 뒤에 말했다.

"죄송합니다, 아가씨."

말은 그렇게 했지만 그의 눈은 여전히 웃고 있었다. 독고설은 미간을 찌푸리며 말했다.

"이제 그만 좀 하시죠. 벌써 이틀째예요."

그녀의 말마따나 천류영의 폭행(?)이 있은 지 만 하루가 지나고 반나절이 흘렀다. 그런데 조전후는 그때부터 수시로 독고설을 찾아와 차를 마셨다.

독고설은 조전후를 쏘아보며 말을 이었다.

"솔직히 위로는 핑계고 제 우스꽝스러운 몰골을 구경하려고 이리 자주 오는 거죠?"

눈에 든 멍이 짙어졌고 이마의 혹은 더욱 붉게 도드라졌다. 상황이 이러니 청화로 이름 높은 그녀의 미색도 빛이 바랬다.

정곡을 찔린 조전후는 움찔했지만 태연하게 대꾸했다.

"아가씨, 무슨 그런 섭섭한 말을 하는 겁니까? 저는 어디까지나 위로를…… 푸흐흐흐."

결국 다시 웃음이 비집고 나왔다. 참으려 해도 지금 독고설의 얼굴은 너무 귀여운 동시에 우스꽝스러웠다.

독고설은 한숨을 쉬고 탁자 옆의 동경을 들어 제 얼굴을 비췄다. 그러더니 '킥.' 하고 자신도 실소를 뱉었다.

"웃기긴 하네요."

그러자 조전후가 배를 잡고 노골적으로 폭소를 터트렸다.

"크하하하, 그렇다니까요. 아, 저는 정말이지 아가씨가 이렇게 귀여운 구석이 있는 줄 몰랐습니다."

그는 눈물까지 나는지 손으로 눈가를 찍었다.

독고설은 쓴웃음을 깨물고는 계란을 내려놓고 차를 홀짝였다. 조전후도 찻잔을 들고는 말했다.

"아가씨, 이제 수련은 쉬시는 겁니까?"

독고설이 도끼눈으로 조전후를 노려보았다.

"이 모습으로 어딜 나가요?"

"그러니까 나가야죠. 소문을 들은 사람들이 아가씨가 보고 싶어서 연무장에서 진을 치고 삽니다. 도도한 검봉이 무림서생에게 얻어터져 눈탱이가 밤탱이가 된 모습을 얼마나 기대하는…… 푸흐흐흐."

"그러니까 더 못 나가죠."

독고설은 신경질적으로 말하다가 갑자기 입술을 깨물며 슬픈 표정을 지었다. 그 갑작스런 표정 변화에 조전후가 고개를 갸웃거리며 물었다.

"갑자기 왜 그러십니까?"

"천 공자요."

"……?"

"대체 얼마나 힘든 상황에서 수련을 했으면 잠결에도 그런 행동을 보인 걸까요?"

"허! 이 와중에 천 공자 걱정을 하는 겁니까?"

조전후는 졌다는 표정으로 고개를 절레절레 흔들었다. 이제 독고설은 아주 노골적으로 천류영에 대한 마음을 내비치고 있었다. 문제는 그것을 그녀 스스로 잘 인식하지 못하고 있다는 점이었다.

"제 말은 그런 뜻이 아니잖아요."

그제야 조전후도 정색하고는 고개를 주억거렸다.

"그 새벽의 소란 이후 잠자리에서 아직까지 일어나지 못하는 것을 보면 지난 반년 동안 힘들긴 꽤 힘들었나 봅니다."

"예. 사실 천 공자는 처리해야 할 일을 조금이라도 빨리 확인하려는 마음이 간절해 보였어요. 소소와 서재에 들어갔을 때도 서찰을 읽다가 잠들어 있었거든요. 그런 천 공자가 이틀 동안이나 잠만 자고 있으니……. 혹시 무슨 병이라도 걸린 건 아닐까요?"

어제 저녁과 오늘 아침에 잠깐 일어나긴 했다.

그는 가볍게 식사를 하고는 잠깐만 더 눈을 붙이겠다고 했지만 또다시 깊은 잠에 빠져들었다.

조전후는 고개를 저으며 대꾸했다.

"지금 천 공자는 잠에 취한 겁니다. 지난 반년 동안 억누르던 고단함이 한 번에 분출되는 게지요. 아마 이번에 일어나면 평소로 돌아올 겁니다."

"대체 어떤 수련을 한 걸까요?"

그녀의 물음에 조전후가 손을 들어 턱을 한 차례 쓸며
답했다.

"저도 그게 궁금합니다. 대체 어떤 수련을 했기에 검봉
을 그렇게 묵사발을 만들 수 있는지……."

또다시 독고설을 골리는 말로 대화가 이어지자 그녀가
발끈했다.

"아저씨! 나가요! 당장 나가요!"

독고설이 진짜로 화를 냈다. 그러나 조전후는 여유로웠
다. 그녀의 화를 푸는 간단한 방법을 알기 때문이었다.

"흠흠, 알겠습니다. 그런데 저는 천 공자 거처에 들려
볼 생각인데 같이 가시겠습니까?"

화를 내던 독고설의 표정이 스르르 풀렸다.

"또요? 조금 전에도……."

"뭐, 잘 있는지만 확인하는 건데요."

"그건 그렇지만…… 괜히 우리 인기척에 깰까 봐 그렇
죠."

어제부터 이어지는 똑같은 대화의 반복이다.

"그 정도에 깬다면 일어날 때가 된 거죠."

"그렇죠?"

독고설이 환하게 웃으며 자리에서 일어섰다. 조전후도
일어나 함께 나가다가 물었다.

"그런데 아가씨."

"왜요?"

"정말 궁금해서 묻는 겁니다. 천 공자가 지난 반년간 아무리 노력했고, 아가씨가 방심했다고 하지만…… 그렇게 일방적으로 얻어맞고 기절할 수 있는 겁니까?"

다른 사람도 아닌 검봉 독고설이다. 어려서부터 무공을 익혔고, 재능과 노력으로 천하가 손에 꼽는 후기지수가 되어 이름을 날렸다.

사천의 싸움에서는 마교의 이름 높은 고수들과 칼을 겨뤘고, 지난 반년간은 혹독할 정도로 수련하며 몇 번의 한계를 넘어섰다.

그런 독고설이 아무리 방심했다지만 그렇게 속수무책당할 수 있다는 것이 믿기지 않았다.

독고설이 입술을 꾹 깨물고 답하지 않자 조전후가 다시 물었다.

"천 공자가 그렇게까지 강해진 겁니까?"

기실 조전후는 천류영의 실력을 직접 확인하고 싶은 마음이 굴뚝같았다. 그러나 저렇게 잠에 취해 있으니 궁금증만 커져 갔다.

독고설의 입이 열렸다.

"워낙 창졸지간에 일어난 일이라 잘 모르겠어요. 어쨌든 예전보다 훨씬 강해진 건 맞아요."

"……."

"하지만 그게 중요한 건 아녔어요."

조전후가 이맛살을 찌푸리며 고개를 갸웃거렸다.

"그건 또 무슨 말입니까?"

"마지막의 무릎치기는 막을 수 있었어요. 제 손이 주먹을 말아 쥐고…… 천 공자의 허벅지를 향해 나가려고 했거든요."

조전후는 고개를 끄덕였다.

그게 정상적인 반응이었다. 무술을 연마한 사람들은 어떤 상황이 오면 무의식적으로 몸이 절로 반응한다. 일종의 본능과 같은 것이다. 하물며 독고설이야 말할 것도 없었다.

독고설은 고개를 돌려 조전후를 보며 말을 이었다.

"그런데…… 어떻게 그래요?"

"……."

"그 사람은 천 공자잖아요."

조전후는 황당한 표정을 지었다가 이내 피식 웃고는 고개를 끄덕였다.

"그렇군요."

"이해되시죠?"

"남녀의 감정은 제가 잘 모릅니다. 하지만 이건 확실한 것 같습니다."

"예?"

"무의식적인 본능마저 이겨 낸 의지를 보이신 겁니다."

"……?"

"아가씨는 이제 제 밑이 아닌 것 같습니다. 축하드립니다."

조전후는 입맛을 다시며 말을 이었다.

"천 공자 덕에 일종의 깨달음을 얻은 것이죠. 휴우, 나는 언제쯤에 기연이 오려나."

독고설은 고개를 저으며 멋쩍게 웃었다.

"에이, 그건 아닌 것 같은데요? 괜히 추켜세우는 거죠?"

"저와 제대로 된 비무 한 번 해보시겠습니까? 그럼 스스로 확인할 수 있을 겁니다."

독고설은 침을 삼키고 주먹을 불끈 쥐었다.

"좋아요. 해봐요."

조전후도 소매 속의 주먹을 불끈 쥐었다.

자신이 독고설을 연무장에 데리고 나타나면 수많은 사람들이 자신에게 은자 한 냥씩을 내야 하니까.

'흐흐흐, 이번 내기는 대박이다.'

그는 행복감에 젖었다. 불과 반 시진 후, 그가 처음으로 독고설에게 패하기 전까지는 말이다.

*   *   *

독고세가 후원에 자리한 삼층 전각의 앞.

독고은은 자신을 막아서고 있는 두 무사들을 무섭게 쏘아보았다.

"대체 날 막는 이유가 뭐죠?"

중년 사내가 한숨을 삼키고 답했다.

"아가씨, 장로님들께서 철저하게 지키라는 엄명을 내리셨습니다. 저희들은 그 명을 지키는 것뿐입니다."

"언니와 야차검 아저씨는 자주 들락거리잖아요."

"그, 그건……."

중년인의 말문이 막히자 곁에 있던 청년이 대신 답했다.

"그 두 분은 천 공자와 함께 사천에서 생사고락을 함께하신 분들이십니다. 그리고 아가씨도 아시지 않습니까? 설이 아가씨께서 천 공자님을 얼마나 애타게 기다렸는지."

독고은은 청년을 보며 앙칼지게 말했다.

"말씀 잘하셨어요. 저는 제 언니가 사모하는 그분이 어떻게 생겼나 잠깐 보고 싶을 뿐이에요. 동생으로서 그런 자격도 없나요? 아니면 이런 제 행동이 잘못된 건가요?"

"……."

"그것도 아니면 제가 천 공자에게 무슨 해코지라도 할 것이라고 생각하나요?"

"그, 그건 아닙니다."

"그럼 들어가게 해 줘요."

청년은 곤혹스러운 표정으로 입술만 깨물었다. 그러자 중년 무사가 쓰게 웃고는 말했다.

"알겠습니다. 들어가십시오."

그는 당황하는 청년을 보며 말했다.

"은이 아가씨의 말씀이 틀린 것도 아니잖나?"

"그건 그렇지만……."

"그럼 은이 아가씨 말처럼 설마 무슨 해코지라도 할까 걱정하는 건가?"

결국 독고은은 천류영의 거처 안으로 들어섰다. 그녀는 더벅머리 하인인 왕구가 졸고 있는 거실을 가로질러 침소로 들어섰다. 그런데 침상에서 잠자고 있을 거라 생각한 그 사람이 없었다.

독고은은 당황하며 다시 거실로 나왔다. 그리고 자고 있는 왕구를 깨워 물었다.

"왕구, 천 공자는?"

왕구는 눈을 비비다가 자신을 깨운 사람이 독고은인 것을 보고는 깜짝 놀라 일어섰다.

"작은 아가씨께서 여기는 웬일이십니까?"

"천 공자는 어디에 있냐니까?"

"예? 주무시지 않습니까?"

아직 잠에서 완전히 깨어나지 못한 그는 하품을 하며 침실로 들어갔다가 놀라 뛰어나왔다.

"어? 없는데요?"

독고은은 어이가 없어 혀를 차고는 말했다.

"그러니까 지금 내가 그걸 물은 거잖아."

"뒷간에 가셨나?"

"됐어. 내가 찾아볼게. 밖에 나가진 않았으니까 이 전 각 어디에 있겠지. 너는 피곤해 보이는데 그냥 자."

"헤, 그래도 되나요?"

"그럼 누가 말리겠어. 본가의 유명한 잠보를."

독고은은 위층으로 올랐다.

사실 그녀는 천류영이 탐탁지 않았다.

자신의 우상인 언니가 그에게 목매는 것이 싫었다. 청화를 한 번 만나길 소망하는 사내들이 천하에 얼마나 많은가? 그런 언니를 지난 반년간 고통 속에 빠트린 장본인이 그였다.

더욱 화가 나는 건 전날 새벽의 소동이었다.

언니를 때려 기절시키다니!

전후 사정을 이미 들었지만 화가 삭혀지지 않았다.

어쨌든 면전에서 본가에 당신을 싫어하는 사람도 있다

고 한바탕 퍼부어 줘야 속이 시원할 것 같았다.

복도를 걷던 그녀는 문이 열려 있는 곳으로 고개를 내밀었다. 그러자 책상에서 일하는 청년의 모습이 눈에 들어왔다.

전날 새벽에 봤던 천류영이었다.

'낮에 보니 더 평범해 보이네. 대체 저런 사람을 언니는 왜?'

그는 책상 위에 수북하게 쌓여 있는 종이들을 하나씩 읽고 있었다.

때로는 미소를, 때로는 심각한 표정으로 그 종이들을 읽어 나갔다. 그리고 가끔은 붓을 들어 뭔가를 적기도 했다.

어느새 독고은은 문가에서 몸의 절반 가량을 보이고 있었다. 그런데도 그는 그것을 전혀 모르는지 책상에 코를 박고 있었다.

기가 막혔다.

잠결에도 언니가 살짝 건드리자 주먹을 휘두른 사람이 어떻게 저럴 수가 있는 걸까?

'언니가 내공을 일으켜 만지는 바람에 무의식적으로 반응했다는 것이 진짜인가?'

전해들은 얘기긴 했지만 저 사람이 상투적으로 변명한 것이라고만 여겼는데.

어쨌든 독고은은 조용히 서서 불과 이 장 반의 거리에 앉아 일하는 천류영을 보았다.

기실 매우 지루한 광경이었다.

그는 서신들을 읽고 정리하는 것을 반복했으니까.

그런데 이상하게 그것을 보는 것이 재미있었다.

시간은 조용하게 흘러갔다.

그 시간 속에서 그는 집중하고 몰두하며 서신 혹은 서류들을 처리해 나갔다. 그 속도가 생각보다 빠른지라 뭔가 일을 대충 처리하는 건 아닌가라는 생각이 스쳤다.

하지만 독고은은 고개를 저었다.

그의 눈빛과 얼굴이 진지했기 때문이었다. 저런 표정으로 일을 건성으로 할 리가 없었다.

그때 천류영이 기지개를 켜며 목을 한 바퀴 돌렸다. 그리고 서로의 눈이 마주쳤다.

독고은은 당혹스러워졌다.

자신이 몰래 훔쳐보고 있는 것을 들킨 것이 부끄럽다는 생각이 들었다. 그래서 얼떨결에 천류영을 향한 속내를 입으로 말했다.

"나는 당신이 싫어요."

말은 내뱉은 순간 아차 싶었다. 하지만 이미 엎질러진 물이었다. 그녀는 사과하기 싫어 당당히 몸을 드러내고 거만한 표정으로 살짝 턱을 치켜들었다.

천류영은 그런 독고은을 가만히 보다가 엷은 미소를 머금었다.

"누구십니까?"

그가 자리에서 일어나며 물었다.

독고은은 속으로 목소리는 근사하네라고 생각하며 말했다.

"독고은이에요."

"아, 이곳의 작은 아가씨군요. 설이 소저와 조 대협께 들은 적이 있습니다."

독고은의 미간이 살짝 좁혀졌다.

"뭐라고 했는데요?"

천류영은 소리 없이 웃고는 말했다.

"제가 먼저 인사를 하러 가야 했는데……. 들어오시죠."

독고은은 안으로 들어서며 말했다.

"무슨 생각을 그렇게 골똘하게 하세요? 인기척을 내도 모르고."

거짓말이지만 왠지 먹힐 것 같았다.

"죄송합니다. 제가 어떤 것에 몰두하면 조금 그런 편입니다."

"그런데 언니나 아저씨가 저를 뭐라고 했는데요?"

천류영이 다시 웃음을 머금었다. 그 미소를 보며 독고은은 어깨를 으쓱거렸다.

'뭐, 웃음은 맑네.'

천류영이 책상 앞에 있는 다탁의 의자로 손을 내밀며 말했다.

"앉으시죠. 차를 내올까요?"

"그건 됐고요. 저에 대해 뭐라고 말했냐고요?"

"아름답고 활달하다고 들었습니다."

"……."

"그런데…… 제가 많이 싫으십니까?"

의자에 앉던 독고은이 움찔했다. 잠깐 잊고 있었다. 자신이 그를 보자마자 한 실수를.

"그게 그러니까…… 전날 새벽에 언니를 때렸는데 제가 어떻게 그쪽을 좋아할 수 있겠어요?"

천류영이 뒤통수를 긁적거렸다.

"그건 정말 실수였습니다. 미안합니다."

"됐어요. 그것뿐만 아니라 저는 그냥 여러 가지로 그쪽이 싫어요."

천류영은 가만히 독고은을 보다가 빙그레 웃고는 고개를 끄덕였다.

"고맙습니다."

"……?"

"사실 제가 한 가지 일을 부탁할 분을 찾고 있었는데……."

독고은이 화들짝 놀라며 천류영의 말을 끊었다.

"자, 잠깐만요. 저는 그쪽이 좋다고 말한 게 아니에요."

"예. 그러니까 부탁드릴 일이 있습니다. 저를 싫어하니까 말이죠."

"……?"

"언니를 많이 따른다고 들었습니다. 그런 언니가 저와 얽히는 게 싫은 거죠? 이해합니다. 제가 소저 입장이라도 그랬을 겁니다. 설이 소저는 천하의 청화 아닙니까? 저와는 어울리지 않지요."

독고은은 미간을 찌푸리며 천류영을 노려보았다. 대체 무슨 말이 저 입에서 나올지 짐작조차 가지 않았다.

천류영은 자리에서 일어나 책상으로 가서는 서랍을 열고 봉투를 하나 꺼냈다. 그리고는 다시 다탁으로 돌아와 독고은에게 내밀었다.

"이걸 맡아 주십시오."

"이게 뭐죠?"

"제 유서입니다."

"……!"

독고은이 놀라 자리에서 벌떡 일어났다.

2

독고은은 일어선 채 천류영을 노려보며 물었다.

"지, 지금 저를 놀리는 건가요?"

이게 대체 말이 되는가?

초면이다. 정확히 말하면 전날 새벽에 봤지만 사실상 처음 보는 자리다.

그런데 어떻게 생면부지의 사람에게 유서를 맡아 달라고 한단 말인가? 아니, 그런 것을 떠나서 이것이 정말 유서가 맞긴 한 걸까?

순간 한 가지 생각이 뇌리를 스쳤다.

"서, 설마…… 죽을병이라도 걸렸어요?"

천류영은 고개를 저으며 대답했다.

"아닙니다. 저는 지금 아주 건강합니다. 그 어느 때보다 더."

독고은의 얼굴이 차갑게 굳어 갔다.

"결국 저를 놀리는 거 맞죠?"

"처음 보는 자리에서 이런 것을 내놓아서 정말 미안하게 생각합니다. 하지만 제가 이곳에 머물 시간은 짧고 소저보다 더 나은 적임자는 찾지 못할 것이란 확신이 듭니다."

"미안할 짓을 왜 하는데요? 그것도 하필 저에게요. 왜 제가 그쪽의 유서를 맡을 적임자라는 거죠?"

질문이 연달아 쏟아졌다. 그건 그녀가 그만큼 화가 났다는 증거였다.

천류영이 빙그레 미소 짓고 말했다.

"두 가지 이유가 있습니다."

"……?"

"첫째, 처음 저를 보자마자 싫어한다고 말을 할 정도로 저를 싫어하는 사람."

아까의 실수를 또 언급하자 독고은의 얼굴이 구겨졌다. 천류영은 바로 말을 이었다.

"둘째, 믿을 수 있는 사람."

독고은은 기가 막힌 표정으로 혀를 찼다.

"하아, 저를 언제 봤다고 믿을 수 있다는 얘기를 하는 거죠? 신뢰가 그렇게 쉽게 생길 수 있다는 것을 저는 오늘 처음 알았네요."

그녀의 비아냥에 천류영이 차분하게 답했다.

"독고설 소저가 말한 적 있습니다."

독고은의 눈가가 파르르 떨렸다.

"언니가요?"

"예, 부모님과 동생은 자신의 목숨만큼 믿을 수 있다고 말했습니다."

"……."

"그녀가 믿는다면 저 역시 믿을 수 있습니다."

"……!"

독고은은 입술을 꾹 깨물며 천류영을 보다가 다시 자리에 앉았다. 잠깐의 침묵이 둘 사이를 배회하다가 독고은이 입을 열자 사라졌다.

"이거 진짜 유서예요?"

"설마 이런 것으로 농을 하겠습니까?"

그녀는 팔짱을 끼고는 마치 원수를 보듯이 다탁 위 유서를 노려보다가 말했다.

"그러니까 유서를 가족이나 언니처럼 그쪽을 좋아하는 사람에게는 줄 수 없으니 저에게 맡긴다는 거네요."

"예, 저를 아끼고 좋아하는 사람들은 아마 그 자리에서 유서를 찢어 버릴 테니까요."

확실히 그럴 것이다. 왜 그런 생각을 하느냐고 욕할 것이다. 더 나아가 죽음을 생각할 정도로 지금의 자리가 두렵냐며 안쓰러워할 것이다.

독고은은 고개를 들어 천류영을 빤히 바라보았다.

"죽을 것 같으세요?"

노골적으로 직접적인 질문에 천류영이 빙그레 웃었다. 독고은은 저렇게 해맑게 웃는 사람이 유서를 썼다고 생각하니 왠지 소름이 끼쳤다.

"무림이란 세상에 들어오면서 저는 참 많이 죽을 뻔했습니다. 많은 분들의 희생이 없었다면 저는 이 자리에 있지 못했을 겁니다."

"……."

"그때마다 생각했었습니다. 소중한 사람들에게 할 말이라도 남겨 둘 것을. 죽는 것만큼이나 그게 안타까웠습니다."

독고은은 갑자기 짜증이 치밀었다. 그저 한 번 보려고 왔을 뿐이다. 그런데 감당하기 어려운 무게의 책임을 떠맡은 기분이 들었다.

"그러니까 죽을 것 같냐고요?"

"……."

"비록 제가 열여덟이지만 무가에서 태어나 자랐어요. 무림인이죠. 칼밥을 먹는 무림인들은 언제라도 죽을 수 있다는 것을 알죠. 하지만 이렇게 유서를 쓰지는 않아요. 더구나 그쪽처럼 한창인 나이엔 더더욱요."

"저는 곧 전장으로 나갈 겁니다. 또한 시대의 격류 한가운데에 서게 될 겁니다. 저는 그것을 피할 생각이 없습니다."

천류영의 다부진 말에 독고은의 눈동자가 흔들렸다. 그러나 다시 독하게 마음을 잡고 쏘아붙였다.

"결국 죽을 것 같다는 말이네요. 그쪽은 앞으로 높은 자리에서 많은 사람들을 지휘하게 될 텐데…… 벌써부터 패배와 죽음을 생각하는 건가요?"

"……."

"겁쟁이네요. 솔직히 미치게 화가 나요. 많은 사람들이 떠받드는 그쪽이 이렇게 겁쟁이라는 사실이. 이 사실을 알면 그쪽을 믿는 사람들이 얼마나 배신감을 느낄까요?"

천류영은 묘한 미소를 머금고 말했다.

"패배하지 않을 겁니다."

"자존심이 상하셨나 보네요. 갑자기 말을 바꾸는 것을 보니."

"소저의 말대로 저는 이제 제법 높은 자리에서 움직이게 될 겁니다."

"그러니까요. 그런 사람이 패배 의식에 젖어서……."

천류영은 부드러운 목소리로 독고은의 말허리를 끊었다.

"그런 저 하나의 목숨으로 많은 이들을 살릴 수 있을 때가 올 겁니다."

"예? 그, 그게 무슨 말인가요?"

"그때 제가 아쉬움을 남기지 않고 당당하게 죽기 위함입니다. 그러니 오해하지 말고 제 부탁을 들어주십시오."

"그러니까 그게 당최 무슨 말이냐고요?"

"나중에 알게 될 겁니다. 저 하나의 목숨으로 많은 사람들을 살릴 수 있는 때가 올 것이고, 그때 아마 독고설 소저도 살 수 있을 겁니다."

독고은의 뇌리로 천류영에 관해 들은 전설 같은 얘기들이 폭풍처럼 떠올랐다.

전장을 지배하는 군신(軍神). 싸움을 시작하기도 전에 끝을 기획하는 천재. 어떤 돌발 변수도 기회로 만드는 괴물.

그런 얘기들이 떠오르자 지금 천류영이 하는 말이 전혀 가볍게 들리지 않았다. 그러자 다탁 위에 놓인 두툼한 유서가 태산처럼 무겁게 보였다.

천류영이 다시 말했다.

"소저가 이 유서를 맡아 주면 저는 저에게 있던 일말의 부담을 떨치고 당당하게 죽을 수 있을 겁니다."

독고은의 입술이 살짝 떨렸다.

"왜 자꾸 죽는다는 얘기를 하죠? 살면 되잖아요."

그 순간 독고은은 천류영의 얼굴에 어리는 슬픈 미소를 보았다. 그건 보는 것만으로도 가슴이 쩌릿해지는 기이한 미소였다.

"소저께서 아까 말한 것처럼…… 저는 높은 자리에 있는 사람이니까요. 그러니 저 하나로 많은 사람을 살릴 수 있을 테니까요."

"제 말은 그런 뜻이 아니에요. 많은 사람들이 무림서생을 칭송해요. 그러니 능력을 보여서 다 이겨 버리고 살면 되잖아요."

"저도…… 그러고 싶습니다. 하지만 높은 자리에 있는 제가 기득권을 잡고 놓지 않으려 하면, 살려고 애를 쓰면…… 많은 이들이 고통스러워질 겁니다."

"그래서 꼭 죽어야겠다는 거예요?"

그녀의 물음에 천류영의 눈에 어린 슬픔이 더 짙어졌다. 하지만 그는 여전히 미소를 머금고 말했다.

"저도 살고 싶습니다."

"……!"

"하지만 아무리 생각해도 어려울 것 같네요."

"……."

"부탁드립니다."

독고은은 다시 유서를 보았다.

"그쪽이 죽으면…… 누구에게 줘야 하나요? 가족에게 주면 되나요?"

"안에 두 개의 서신이 있습니다. 하나는 어머니고 다른 하나는…… 독고설 소저입니다."

언니의 이름이 나오자 독고은은 깊은 한숨을 쉬고 유서를 집어 들었다.

천류영이 환한 표정으로 소리 없이 웃었다.

"고맙습니다. 덕분에 저는 한 줌의 아쉬움 없이 앞으로 나갈 수 있게 되었습니다."

독고은은 입술을 깊게 깨물었다가 물었다.

"언니를…… 좋아하세요?"

천류영은 대답하지 않았다. 그러나 독고은은 느낄 수 있었다.

언니 홀로 짝사랑하고 있는 것이 아니었다는 것을.

독고은은 유서를 품속에 갈무리하고 일어나면서 말했다.

"솔직히 저는 방금 나눈 대화가 무슨 뜻인지 잘 모르겠어요."

"……."

"하지만 부탁 하나 할게요."

"뭡니까?"

"살 수 있으면 꼭 사세요."

"……."

"천 공자는…… 무림서생이잖아요. 그 정도의 방법은 만들어 내라고요."

독고은이 처음으로 천류영을 '그쪽'이 아닌 '공자'로 불렀다.

3

독고은은 자신의 방으로 돌아와서는 품속의 서찰을 급히 꺼내고 책상 서랍을 열었다. 그곳에 있는 책 하나를 펼쳐 서찰을 넣고는 다시 서랍 속에 넣었다.

엄청난 비밀이 생겨 버린 것이다.

그녀는 책상 주변을 왔다 갔다 움직였다. 오만 가지 생각이 머릿속에서 들끓었다.

천 공자는 정말 죽을까?

아니면 단순히 그 가능성을 대비한 유서일까?

천 공자가 죽으면 언니는 어떻게 되는 거지?

그럼 차라리 잘되는 건가? 천 공자가 죽으면 언니는 아주 훌륭한 가문의 멋진 미남자와 혼인해 누구보다 잘살 수 있는 거잖아!

왠지 모르게 천류영에게 미안한 생각이 들었다.

어쩌면 언니를 살리고 죽을 수도 있다는 말이 허투루 들리지 않았기 때문이었다.

"으아아아아아! 젠장, 괜히 보러 갔어."

그녀는 자신의 머리칼을 움켜쥐며 낮은 비명을 질렀다.

"아, 젠장, 젠장, 젠장! 정말 천 공자가 죽으면 어떻게 하지? 그리고 유서를 언니에게 주면……."

독고은은 자신도 모르게 몸을 부르르 떨었다.

무슨 일이 펼쳐질지 생생하게 그려졌다.

어떻게 천 공자에게 유서를 받고 아무 말도 안 했느냐고 화를 낼 것이다. 어쩌면 자신을 평생 보지 않겠다고 할지도 모르는 일이었다.

그녀는 급히 책상 서랍을 열고는 책을 펼쳐 봉투를 꺼냈다.

"돌려줘야 해."

그녀는 밖으로 나가려다가 고개를 저으며 다시 돌아섰다. 그리고는 팔짝 뛰며 울상을 지었다.

"지금 돌려주면 얼마나 날 한심하게 보겠어? 어휴, 미쳤어, 미쳤어! 지금 내가 무슨 짓을 한 거야? 왜 덥석 유언장을 받아서는. 아! 돌아 버리겠네. 천 공자가 죽고 이 유언장을 전하면 세상 사람들이 모두 날 욕할 거야."

그녀의 눈매가 날카로워졌다.

"혹시 내가 싫다고 하니까 날 엿 먹이려고 그런 거 아냐?"

독고은의 머릿속이 핑핑 회전했다.

"맞아. 그런 거야. 분명 그런 게 맞아. 머리 좋은 그 사람이 나를 골린 게 분명해!"

그녀는 손에 쥐고 있는 봉투를 내려다보았다. 그러다가 한기를 느끼며 고개를 돌렸다.

방문 밖.

누군가가 있었다.

너무 혼란스러운 탓에 전혀 인기척을 느끼지 못한 것이다. 그녀는 침을 삼키고 문밖을 향해 말했다.

"누구세요?"

"……."

"혹시 소소야?"

독고은은 조심스럽게 문을 열다가 얼음이 되었다.

"어, 언니."

독고설은 마치 석상처럼 서 있었다.

방금 전 조전후와의 비무에서 승리한 그녀는 연무장에 동생이 없는 것을 의아하게 생각했다.

자신의 비무라면 만사를 제쳤던 동생이었으니까. 그래서 무슨 일이라도 있나 궁금해 찾아온 것이었다.

독고은은 뒤로 물러나며 봉투를 쥔 손을 뒤로 숨겼다.

"무, 무슨 일이야?"

독고설은 조용히 안으로 들어서서는 손을 내밀었다.

아무 말도 하지 않는 그녀를 보며 독고은은 고개를 떨어트렸다. 그리고 풀죽은 목소리로 말했다.

"장난일 거야. 내가 천 공자에게 장난을 좀 쳤는데 그래서……."

독고설은 여전히 말없이 내민 손을 흔들었다. 독고은이 냉큼 봉투를 받치며 말했다.

"하나는 천 공자님의 어머니, 하나는 언니 거래. 장난이 아니라면."

독고설은 밀납으로 봉인한 봉투를 뜯고는 두 개의 서신을 꺼냈다.

하나는 여러 번 접은 서신이었고, 다른 하나는 화선지를 한 번 포갠 것이었다.

한 번 접은 얇은 화선지 위에 독고설의 이름이 적혀 있었다.

독고설은 반듯하게 쓰인 자신의 이름을 보며 입술을 깨물었다. 그리고 천천히 접힌 화선지를 펼쳤다.

은애하는 독고설 소저에게.
저를 알아봐 주셔서 고맙습니다.
저를 좋아해 주셔서 감사합니다.
저 같은 건 잊으시고 행복하게 사시길 저승에서도 기원하겠습니다.

겨우 네 줄.

하지만 독고설의 큰 눈에서는 눈물이 뚝뚝 떨어졌다. 곁에서 서신의 내용을 훔쳐본 독고은도 덩달아 코끝이 찡해지고 눈가가 촉촉해졌다.

독고은은 코를 훌쩍이다가 언니의 눈치를 살피며 천류영과의 대화를 모두 털어놓았다.

독고설은 눈물만 뚝뚝 흘리다가 다시 봉투에 유화 부인을 향한 서신을 넣고는 말했다.

"너에게 맡긴 거니까 네가 가지고 있어."

독고은은 봉투를 받아 들고는 물었다.

"괜찮아? 나는 정말로……."

"아냐, 네 잘못 아냐."

"……."

"나는 지금 아무것도 보지 못한 거야."

"언니."

"그리고 지금 네가 가진 그 유언장도 결코 쓸 일이 없을 거야."

"……."

"부탁이 있어."

독고은은 부탁이란 말에 진저리를 쳤다. 그러나 지은 죄가 있어서 고개를 끄덕였다.

"나도 유서를 쓸 거야."

"언니!"

"내가 죽으면 그걸 그 사람에게 전해 줘."

독고은은 눈을 부릅떴다. 지금 언니는 천류영이 죽을 상황이 오면 자신이 대신 죽을 생각을 하고 있는 것이었다.

"못해. 그건 안 돼!"

독고설은 아미를 찌푸렸지만 이내 고개를 끄덕였다.

"그래, 나는 필요 없어."

"……?"

"나는 죽기 전에 하고 싶은 말 다할 거니까."

4

천류영은 어머니에게 절을 하고는 앉았다.

"강녕하신 모습을 보니 기분이 좋습니다. 앞으로도 계속 이렇게만 건강하십시오."

그의 말에 유화 부인이 아들의 손을 잡아 쓰다듬으며 미소를 지었다.

"내가 할 말을 네가 하는구나. 너 때문에 늘그막에 호강을 하는데 나는 이게 왠지 더 불안하구나. 고생이 심하진 않니?"

여동생인 수연이 옆에 있다가 입술을 내밀며 말했다.

"불안하긴 뭐가 불안해? 그건 행복에 겨운 소리지."

그녀는 천류영 옆으로 바짝 붙어 팔짱을 끼고는 눈웃음을 쳤다.

"저는 잘난 오라버니 덕분에 너무너무 행복해요. 아! 이렇게만 살 수 있다면 난 죽어도 웃으며 죽을 수 있을 것 같아."

천류영은 여동생을 보며 미소를 지었다. 어려서부터 병을 달고 사느라 늘 수척했었다. 그런데 지금은 살도 오르고 피부도 좋아져서 다른 또래의 아가씨들처럼 밝고 예뻤다.

그는 수연의 머리를 한 차례 쓰다듬고는 품속에서 봉투를 꺼냈다.

"어머니, 이건 전표입니다."

수연이 천류영의 팔짱을 풀고는 어머니에게 붙었다.

"엄마, 어서 열어 봐. 와, 나는 전표라는 것 처음 본다."

유화 부인은 손사래를 치며 아들에게 말했다.

"이런 건 네가 가지고 있으면 되지. 큰 마님께서 워낙 잘해 주셔서 이런 건 필요 없어."

수연이 눈을 흘기며 대신 봉투를 받아서 전표를 꺼냈다.

"엄마, 세상일이란 건 모르는 법이야. 약간의 목돈은 비상금으로 가지고 있어야 하는 거라고. 갑자기 돈이 필요할 때가……."

수연이 말을 잇지 못하고 눈을 화등잔만 하게 떴다. 그리고는 방금 자신이 본 숫자를 다시 확인했다.

그녀의 얼굴이 하얗게 질려 가자 유화 부인도 고개를 돌려 전표를 보고는 똑같은 반응을 보였다.

수연이 침을 삼키고 물었다.

"오라버니. 이거…… 여기 있는 숫자만큼 은자인 거 맞아요?"

"그래."

"이거 혹시 가짜 아니에요? 지금 장난하는 거죠?"

천류영은 어머니를 보고 말했다.

"수연이 말대로 앞날은 모르는 거니까요. 나중에 집 살 돈이 필요할 수도 있고, 또 수연이도 혼인시키려면……."

수연이 고개를 절레절레 저으며 천류영의 말에 끼어들었다.

"지금 나보고 결혼을 백 번 하라는 거야? 아니면 우리가 집을 수십 채 사라는 거야? 대체 이게……. 오라버니! 이거 진짜 맞냐고?"

유화 부인은 하얗게 질린 얼굴로 전표를 보다가 깊게 숨을 쉬고는 말했다.

"이게 무슨 돈이냐?"

"제가 잘했다고 무림맹에서 준 돈의 아주 작은 일부입니다."

수연이 손뼉을 치며 혀를 내둘렀다.

"대박! 그럼 그 소문이 진짜였단 말이야?"

여기 저기 놀러 다니며 들은 소문이 있는 수연이었다. 그러나 아무것도 모르는 유화 부인은 고개를 저으며 말했다.

"나는 이리 큰돈 필요 없다."

"어머니, 아까 말했듯이 수연이도 시집보내고……."

"그럼 네가 가지고 있다가 집도 사 주고 수연이도 시집

보내면 되잖느냐?”

천류영은 말문이 막혔다. 수연은 신기한 표정으로 전표를 들고 이리저리 보며 어머니를 거들었다.

“오라버니, 내가 생각해도 이건 엄마 말이 맞아. 우리는 이리 큰돈 가지고 있으면 잠을 못 자. 그냥 오라버니가 가지고 있다가 필요할 때 조금씩 줘.”

“수연아, 나는 앞으로 많이 바쁠 거야. 이곳에 머무르는 날이 별로 없을 거니까……. 당장 며칠 뒤면 나는 절강성이란 곳으로 떠나야 해.”

유화 부인이 갑자기 싸늘한 어조로 말했다.

“이게 네 목숨 값이냐?”

“어머니, 그게 아니라 저번 사천의 싸움에서…….”

“그게 아니면 앞으로 목숨을 바칠 값이냐?”

“……!”

“내가 무식하지만 무림이 어떤 곳인지는 숱하게 들었다. 만약 그런 것이라면 돈 다 돌려주고 떠나자.”

“어머니…….”

“자식 목숨 값으로 내가 편히 살 수 있다고 생각하는 거냐? 세상 돈을 다 주어도 자식 목숨 값은 안 되는 거다.”

수연이 긴장한 표정으로 물었다.

“오라버니, 지금 엄마 말……. 아니지? 그치?”

천류영은 목이 꽉 멨지만 웃으며 고개를 끄덕였다.

"그럼 아니지. 걱정하지 않아도 돼."

"그치? 오라버니는 책사잖아. 책사는 싸우는 사람 아니잖아."

"그럼."

"그치? 아, 깜짝 놀랐네. 나도 이게 오라버니 목숨 값이면 싫어. 끔찍해서 어떻게 써."

유화 부인은 수연이 책사를 언급하자 표정을 풀며 물었다.

"수연이 말이 맞는 거냐?"

"엄마, 맞다니까. 내가 전에 말했잖아. 오라버니는 그냥 뒤에서 머리만 쓰는 일이라고. 책 보고 서류 정리하고 그런 일이 대부분이야."

천류영은 일부러 더 환하게 웃음을 터트렸다.

"하하하, 제 걱정은 마십시오. 그러니 이 돈은 어머니께서 가지고……."

"됐다. 네가 죽을 것도 아닌데 내가 뭐하려고 그 큰돈을 가지고 있겠느냐? 그리 큰돈을 지니고 있으면 잠자리만 사나워지니 네가 잘 관리하거라."

결국 천류영은 전표를 드리지 못하고 밖으로 나왔다. 그는 한숨을 쉬며 입맛을 다셨다. 전표를 유서와 함께 동봉했어야 되는 건데.

그때 독고설이 다가와 묘한 미소를 지으며 말했다.

"일이 잘 안 풀리나 봐요."

천류영은 쓴웃음을 깨물었다.

"엿들으셨습니까?"

요즘 왠지 독고설이 항상 자신의 주변에 있는 것 같았다. 무슨 일만 있으면 그녀가 불쑥 나타나고는 했다.

"뭐, 이쪽에 볼일이 있어 지나가다가요."

"그 거짓말 진짜입니까?"

독고설이 빙그레 웃고 말했다.

"어머님이 돈을 안 받으셔서 걱정되시죠? 그 고민 제가 풀어 드릴까요?"

"묘책이라도 있습니까?"

독고설의 미소가 짙어졌다.

"간단해요. 저와 결혼해요. 그럼 제가 며느리로 그 돈을 관리하면 되잖아요."

"⋯⋯!"

"닷새 뒤에 무림맹 총타 그리고 절강성으로 떠나잖아요. 그전에 우리 결혼하죠."

천류영의 턱이 밑으로 떨어졌다가 붙었다. 농으로 치부하고 웃고 싶은데 너무나 진지한 독고설의 눈빛과 표정이 가슴에 걸렸다.

"지금 그게 무슨 말도 안 되는 말입니까? 하하하. 청

화, 아니, 검봉 독고설이 저와 혼인한다고요? 저 같은
게…….”

독고설이 천류영의 말을 끊었다.

“제가 예전에 한 번 말한 적 있죠? 스스로를 낮추지 말
라고. 저는 지금껏 천 공자보다 귀한 사람을 본 적이 없어
요.”

“…….”

“제가 싫어요?”

“아니, 그건…….”

“그럼 됐어요. 결혼해요. 제가 진짜 잘할게요. 정말 잘
할게요.”

너무 기막혀 천류영이 고개를 절레절레 저으며 외면했
다. 그러자 독고설이 말했다.

“오늘 부모님께 말씀드릴 거예요. 그리고 지금은 시어
머니와 수연이한테 가서 허락을 구할 거고요.”

“소저! 이제 그만하시죠. 농담이 너무 지나치십니다.”

독고설이 어깨를 으쓱하고는 대꾸했다.

“농담인지는 지켜보시면 돼요. 그럼 일단 저는 시댁의
허락을 구하러 갑니다.”

“대체 왜 이러십니까? 장난이 너무…….”

“장난 아니에요. 나 천 공자가 너무 좋다고요.”

“……!”

"다른 계집에게 뺏길까 봐 밤에 잠도 못 자요. 그러니 더 이상 안 되겠어요. 이러다 상사병 걸려 죽으면 어쩌라고요? 나 죽은 다음에 책임질 거예요?"

"소저……."

"살아 있을 때 사랑해 줘요. 내가 살아 있을 때 사랑한단 말을 해 달란 말이에요. 내가 살아 있을 때 당신을 사랑하게 해 달라고요."

말을 마친 독고설은 천류영이 말릴 사이도 없이 전각 안으로 들어갔다.

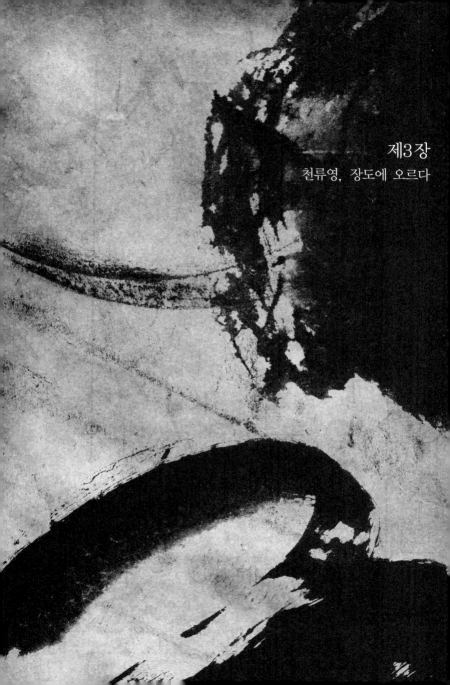

제3장
천류영, 장도에 오르다

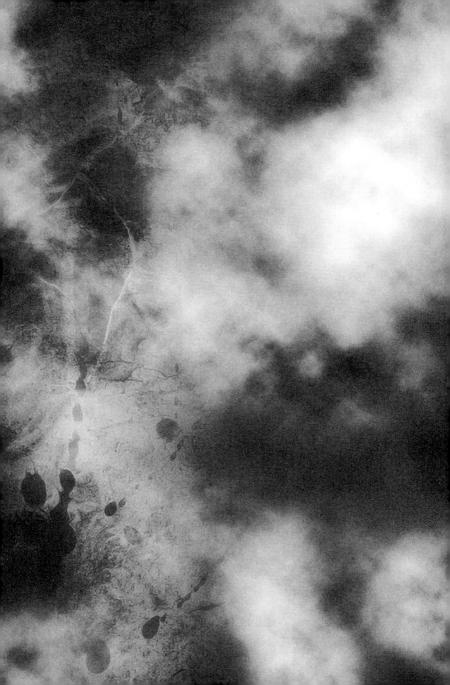

1

유화 부인과 수연은 서로를 마주 보며 눈을 껌뻑거렸다. 방금 내실 안으로 들어온 독고설이 다짜고짜 천류영과의 혼인을 허락해 달라는 말을 했기 때문이었다.

특히나 수연은 기함해 얼어붙었다. 아무 말도 못하고 쩍 벌린 입을 손으로 가린 채 어깨만 들썩였다.

가난을 아는 사람은 어쩔 수 없이 세상 물정에 일찍 눈을 뜨기 마련이다. 그렇기에 수연은 독고설의 말이 고맙기는커녕 두렵게 다가왔다.

물론 수연은 자신의 오빠가 자랑스러웠다. 그러나 무림에서 명문 팔대세가 중 하나인 독고세가의 사위가 될 정도라고는 손톱만큼도 생각한 적이 없었다.

손으로 이마를 짚은 채 눈을 감고 있던 유화 부인이 독고설을 보았다.

"아가씨께서 우리 아들에게 호감을 가지고 있다는 건 알고 있었어요. 하지만 결혼까지 생각하고 있을 줄은 몰랐네요."

독고설의 아미가 살짝 일그러졌다. 그렇게 매번 편하게 말을 놓아 달라고 청하는데도 유화 부인은 손사래를 쳤다. 독고설이 억지로 말을 낮추게 해도 그때뿐이었다.

독고설은 무릎을 꿇은 채 머리를 조아리며 말했다.

"천 공자를 진심으로 사랑하고 있습니다. 부디 허락해 주세요."

유화 부인은 독고설을 빤히 보며 침묵하다가 다시 물었다.

"우리 아들도 같은 생각인가요?"

지켜보던 수연이 살짝 진저리를 치고는 끼어들었다.

"엄마, 그럴 리가 없어요. 오라버니가 그런 생각을 할 리가 없잖아요."

어려서부터 가지고 싶은 것이 있어도 그것을 말한 적이 없는 오빠였다. 하루 종일 굶어 오빠의 배에서 꼬르륵 소리가 천둥을 쳐도, 하나 얻은 만두를 자신에게 주던 사람이었다. 그런 오빠가 천하의 청화, 독고설 언니를 욕심낼

리가 없었다.

유화 부인이 거듭 물었다.

"아가씨, 류영이도 같은 생각인지 물었어요. 어떤가요?"

독고설은 힘주어 대답했다.

"천 공자도 저를 좋아하고 있습니다."

유화 부인은 독고설을 빤히 보다가 고개를 끄덕이고 말했다.

"세상의 어느 사내가 아가씨 같은 사람을 싫어할 수 있을까요? 같은 여자가 봐도 이리 아름답고 참한데……. 하지만 내가 궁금한 건 그게 아니에요. 류영이도 혼인까지 생각하고 있나요?"

"예? 그, 그게……."

"류영이는 아직 그런 말을 하지 않았군요."

유화 부인의 차분한 지적에 독고설은 입술을 꾹 깨물었다가 말했다.

"어머니께서 허락해 주시면 분명 천 공자도 반길 겁니다."

유화 부인은 고개를 저었다.

"글쎄요. 나는 정말로 아가씨가 마음에 들어요. 아니, 과분하죠. 하지만 순서가 틀렸어요. 먼저 류영이의 대답을 들으세요. 그게 먼저예요."

"어머니, 천 공자는⋯⋯."

독고설은 말을 잇지 못했다. 천류영이 죽을 생각을 하고 있다는 말을 모친에게 어찌한단 말인가?

그녀는 한숨을 삼키고 다시 간절히 말했다.

"어머니께서 먼저 허락을 해 주셔야 돼요. 제발요."

유화 부인은 뜻을 굽히지 않았다.

"여자는 어려서 아버지를 섬기고, 혼례 후에는 남편을 따르죠. 그리고 남편 장례 후에는 아들의 말을 좇아요. 나는 류영이를 믿고 그 아이의 결정을 받아들일 거예요. 그러니 나는 신경 쓰지 말고 먼저 류영이와 담판을 지으세요."

"사정이 있어 말씀드릴 수는 없지만 천 공자보다 어머니의 찬성이 더 필요한 이유가 있어요."

유화 부인은 이맛살을 찌푸리며 잠시 생각에 빠져들었다. 류영이라면 가문이나 신분의 차이를 의식할 공산이 컸다. 좋아하면서도 말하지 못할 수 있다는 생각이 들었다.

"좋아요. 그럼 먼저 가주님께 허락을 받으세요. 그럼 류영이와는 내가 얘기해 보죠."

수연이 놀라 유화 부인에게 외쳤다.

"엄마, 어쩌려고 그래? 그러다 우리 쫓겨난다고. 이 엄동설한에 어디 가려고?"

유화 부인이 빙그레 웃었다.

"그게 아니더라도 나갈 생각이었다. 언제까지 폐를 끼칠 수는 없지."

"엄마!"

"우리 부자다."

"아!"

수연은 그제야 천류영이 보여 준 전표가 떠올랐다.

*　　　*　　　*

천류영은 독고설과의 대화를 음미하며 전각 앞 계단에 앉았다. 마치 한바탕 폭풍이 지나간 듯했다.

그는 고개를 들어 하늘을 보았다.

초겨울의 태양은 추위에 웅크린 듯 작게 보였다.

"춥군."

천류영은 혼잣말을 하며 쓴웃음을 흘렸다.

문득 예전에 들었던, 천마검에 관해 떠도는 많은 소문 중 하나가 떠올랐다.

천하일통의 대업을 이룬 후에야 혼인하겠다는 풍문.

그 소문을 들었을 때 느낀 감정은 자신감과 열정이었다.

하지만 지금은 생각이 달라졌다.

천마검, 그는 하나의 목표를 향해 달리기 위해서 배수의 진을 친 것이다. 실패하더라도 돌아갈 가족이 있으면 약해질까 저어한 것이리라.

그건 달리 말하면 외롭다는 반증이었다.

지금 자신이 그러니까.

"그는…… 정말로 죽었을까?"

모든 상황은 천마검이 죽었다고 말하고 있었다. 그런데도 천류영은 여전히 그가 살아 있을 것만 같았다.

세상의 모든 사람이 죽고 마지막 한 명이 살아남는다면 그가 바로 천마검 백운회일 것이라고 천류영은 늘 생각해 왔다.

천류영은 독고설이 나오길 기다리며 이런저런 생각을 하다가 결국 일어섰다.

어머니는 독고설의 청을 받아들이지 않을 것이다. 지독한 가난을 겪은 사람은 세상에 존재하는, 보이지 않는 장벽이 얼마나 단단한지 아니까. 그 벽으로 상처받을 아들이 안쓰러울 어머니는 독고설을 외면할 것이다.

그러나 독고설의 고집 또한 만만치 않으니 시간이 걸릴 터이고.

결국 나올 결과는 자명했다.

어머니와 독고설은 먼저 가주님과 가모님의 허락을 받는 것으로 타협할 것이다.

천류영은 피식 웃고는 그녀의 부모님을 향해 움직였다.

2

"허허허, 내가 먼저 찾기 전에는 집무실에서 나오지 않더니 오늘은 웬일인가? 드디어 서류 더미에서 해방된 건가?"

독고무영은 언제나처럼 환한 낯빛으로 천류영을 반겼다.

"예, 어느 정도는. 하지만 아직도 알아야 할 것이 태산처럼 많습니다. 배우고 익힐 것은 끝도 없는데 하루해는 너무 짧아 안타까울 뿐입니다."

독고무영은 쓴웃음을 머금었다. 지금 천류영은 지난 봄 헤어지기 전처럼 강행군을 하고 있었다.

어느 누구보다 일찍 일어나 정오까지는 체력과 무공 수련을 했고, 오후부터 늦은 밤까지는 집무실에서 거의 움직이지 않았다.

그 와중에 독고궁의 기인들이나 외부에서 찾아오는 손님들도 짬을 내 만나고 있으니 그야말로 강철 체력이라 할 만했다.

"번을 서는 불침번들이 말하길 자네 집무실은 도통 불이 꺼지지 않는다더군. 열심히 사는 것도 좋지만 건강을 잃으면 다 소용없다네."

"명심하겠습니다."

"그래, 자네가 어련히 알아서 하겠지. 그건 그렇고 무슨 일로 날 찾아왔나?"

"가모님께 정식으로 인사를 드려야 할 것 같아서요. 가모님을 뵈러 갔는데 이리 오셨다고 들었습니다. 그리고 두 분께 드릴 말씀도 있습니다."

독고무영의 아내이자 독고설의 모친인 주숙정은 반 시진 전에 유화 부인과 함께 귀가했다. 그때 천류영도 정문에 나가 인사를 하긴 했지만 워낙 사람이 많아 제대로 대화를 나누지 못했던 것이다.

"차(茶)를 가지러 나갔으니 곧 돌아올 거네. 그런데 자네 각오는 단단히 했나?"

"예?"

"안사람이 설이의 얼굴에 난 혹과 멍이 어떻게 생겼는지 알았다네."

"……."

"자네를 단단히 벼르고 있을 거야."

천류영은 뒤통수를 긁적거리며 쓴웃음을 깨물었다. 그러자 독고무영이 너털웃음을 터트렸다.

"허허허, 농일세. 무가에서 자랐는데 그 정도야 흔한 거지. 뭐, 최근 몇 년간 저렇게 눈이 시퍼렇게 멍이 든 적은 없었지만. 그 점에 대해서는 자부심을 가져도 된다네. 검봉의 눈을 그렇게 만들었으니, 허허허."

뭐가 그렇게 좋은지 한참 웃던 독고무영은 천류영을 자신의 맞은편에 앉히고 물었다.

"자네가 너무 미안해서 물어보지 못했는데 말 나온 김에 얘기해 주면 안되겠나? 대체 누구에게 어떤 수련을 받았기에 설이를 그리 만든 건가?"

독고설을 그렇게 만든 건 실력이 아니라 사고다. 그러나 독고무영은 지금 그것을 빙자해서 궁금증을 물은 것이다.

천류영은 잠시 머뭇거리다가 입을 열었다.

"그날 밤 풍운의 할아버지께서 오셨습니다. 풍운 녀석이 가출했는데, 사천의 영웅들이란 소문에 풍운이 있는 것을 듣고는 찾아오신 거지요."

독고무영의 미간이 좁아졌다.

풍운의 나이 약관. 그 나이에 풍운을 절정고수로 만든 분이라면 대단한 인물이리라.

"혹시 그분의 성함이나 사문을 말해 줄 수는 없겠나?"

천류영이 고개를 저었다.

"죄송합니다만, 그건…… 풍운이 나중에 직접 말하는 날이 올 겁니다."

"알았네. 뭐, 그게 중요한 건 아니지. 그런데 어쩌다 자네까지 그분과 함께 가게 된 건가?"

"풍운이 가지 않겠다고 버텼습니다. 그러자 그분께서 실력 행사로 풍운을 끌고 가려고 했는데…… 실패하셨습니다."

독고무영은 흥미로운 듯 눈을 반짝이며 물었다.

"풍운이 조부님을 넘어선 것이군."

"예. 그러자 당황스러워진 그분께서 절 꼬드긴 거지요. 제가 무공을 익히기 시작했다는 것을 알고 계셨더군요. 저는 그분의 제안을 받아들였고, 풍운은 제 호위니 어쩔 수 없이 따라가게 된 것이죠."

독고무영은 침을 꼴깍 삼켰다.

"그분께 무공을 사사받았나?"

중요한 문제였다. 천류영이 풍운의 할아버지에게 정식으로 무공을 배웠다면 그쪽 문파의 제자가 되는 것이니까.

"아닙니다. 사문의 무공은 외인에게 전수할 수 없다더군요. 그분께서 저에게 제안한 건 싸움이었습니다."

독고무영의 얼굴에 황당한 빛이 어렸다.

"싸움?"

"예. 지난 반년간, 낮에는 계속해서 그분과 싸웠습니다. 뭐, 싸웠다기보다는 일방적으로 두들겨 맞았지요. 그리고 저녁에는 구위 사범과 기본 수련을 계속했습니다. 그러니까 그분은 무공이 아니라 싸움을 가르쳐 주신 것이죠."

독고무영은 팔짱을 끼고 잠깐 생각하다가 고개를 끄덕였다.

"괜찮은 방법이군. 맞아, 무공도 결국은 싸움이지."

뒷골목 왈패가 무공을 익히면 확실히 보통 사람들보다 습득이 빠르다. 싸우는 법을 알기 때문이다.

독고무영은 이해가 되면서도 안타깝다는 생각이 들었다. 빨리 강해지기 위한 좋은 방법인 것은 맞다. 그러나 편법에 불과해 높은 경지에 오르는 것은 더 어려워지니까.

천류영은 독고설을 때린 일을 상기하며 말했다.

"그분께서는 시도 때도 없이 저를 기습하셨습니다. 잠들었을 때 혹은 식사를 할 때조차."

"훗, 그래서 설이의 행동에 무의식적으로 반응한 거군."

독고무영은 그제야 이해가 간다는 듯이 웃음을 흘렸다. 그러나 천류영은 웃지 못했다.

독고무영이 생각하는 것처럼 단순한 싸움이 아니었고 가벼운 기습이 아니었으니까.

하루에도 몇 번씩 생사를 오갈 정도로 지독했다. 덕분에 자신은 고통으로 인한 실신을 밥 먹듯 했었다.

돌이켜 생각하면 어떻게 그 시간들을 견뎌 냈는지 스스로 생각해도 놀랄 정도였다.

그 와중에 가장 중요한 것은 구위 사범에게 배운 무공과 풍운의 할아버지께 배운 싸움의 기술을 하나로 묶어 자신의 것으로 만드는 것이었다.

천류영은 자신이 가지고 있는 장점을 잘 알고 있었다.

집중력 그리고 전체를 볼 수 있는 두뇌와 눈.

싸움과 무공의 단순한 형(形)을 몸으로 체득하고 그것을 무림 고수들에 비해 공력이나 체력이 부족한 자신이 어떻게 극대화할 수 있을지 늘 고민했다.

독고무영은 이미 지나간 일을 지적해 봐야 의미 없다는 생각이 들어 화제를 돌렸다.

"절강성으로 가려는 생각은 변함이 없는 건가?"

"가주님. 그건 이미 끝난 얘기가 아닙니까?"

"하여간 고집은. 하지만 아무리 생각해도 고생만 하고 얻는 것도 없이 돌아오게 될 터인데……. 아직 시간이 있으니 다시 한 번 생각해 보게나."

독고무영은 천류영이 그곳에서 여러 가지 개혁을 시도하다가 결국 좌절감만 느끼게 될 것이라고 생각하고 있었다. 그러나 천류영은 개혁을 꿈꾸는 것이 아니었다.

아예 절강 무림의 세력 판 자체를 바꾸려는 것이었다.

천류영이 침묵하자 독고무영은 진중한 얼굴로 말을 이었다.

"그리고 마교의 동향이 심상치 않네. 천랑대나 흑랑대

가 지금까지는 어떻게든 도망치며 버티고 있지만 누적된 피해가 만만치 않다는 얘기가 있어. 마교도들은 그들을 곧 정리하게 될 거야."

"예. 저도 빙봉이 보내 준 정보들을 보았습니다."

"그럼 마교주는 다시 사천성으로 침공해 올 것이네. 나뿐만 아니라 사천의 동지들은 자네가 그때 꼭 와 주길 바라고 있어."

"저도 여러 가지 상황을 가정하며 고민하고 있습니다. 생각이 마무리되면 가주님께 따로 말씀드리겠습니다. 음…… 절강성으로 떠나기 전에 말이죠."

그때까지 닷새 남았다. 독고무영은 '역시!' 라는 표정으로 흐뭇하게 미소 짓고는 말했다.

"맞다. 자네 할 말이 있다고 했지?"

"가모님께서 오시면 말씀드리겠습니다."

때마침 내실의 문이 열리고 주숙정이 안으로 들어왔다. 독고설을 낳은 모친답게 그녀는 중년의 나이임에도 불구하고 맑은 아름다움을 자연스럽게 드러내고 있었다. 그런데 그녀의 뒤에서 독고은이 따라 들어왔다.

독고은은 천류영을 보고는 흠칫했다.

유서를 주고받은 그날 이후에 처음 보는 것이었다.

그녀는 비밀을 지키지 못한 죄가 있어서 고개를 숙여 시선을 피했다. 그 모습에 천류영은 독고설이 왜 갑자기 혼인 운운하는지 사정을 간파했다.

천류영은 자리에서 일어나서 주숙정을 향해 정중하게 읍했다.

"천류영입니다. 아까는 사람이 많아 제대로 인사를 드리지 못해서 정식으로 인사를 드리러 왔습니다."

주숙정이 묘한 눈빛으로 천류영을 꼼꼼히 살펴보았다. 너무 노골적으로 훑어보는 모습에 독고무영이 책망을 하려는 순간 주숙정이 입을 열었다.

"편하게 앉으세요. 안 그래도 남편에게 차만 대접하고 찾아가려고 했는데 이렇게 천 공자가 직접 와 주셨군요. 설이 때문에 할 말이 있거든요."

천류영은 움찔하고는 머쓱하게 웃었다.

"독고 소저의 일은 죄송하게 되었습니다. 그건 정말 사고였습니다."

주숙정은 차를 받친 쟁반을 탁자 위에 내려놓고는 독고무영의 옆에 앉았다. 독고은도 조용히 주숙정의 옆에 자리했다.

주숙정은 찻잔에 차를 따르며 천류영의 얼굴을 유심히 살폈다. 그리고 모두의 앞에 찻잔을 놓고는 천류영을 향해 말했다.

"설이는……."

주숙정의 말이 시작되자마자 독고무영이 끊었다.

"여보. 그 일은 사고라고 이미 천 공자가 말했소. 아무 것도 아닌 일을 가지고 천 공자를 불편하게 만들 필요 있소?"

주숙정은 독고무영을 곱게 흘기며 입술을 깨물었다가 배시시 웃었다.

"설마 제가 그것 때문에 그러겠어요? 천 공자는 당신과 설이 그리고 본가를 구한 은인인데."

"그럼 왜 자꾸 설이 얘기를 꺼내는 거요?"

"알면서 모르는 척하는 거예요? 아니면 정말 모르는 거예요? 설이가 천 공자를 어떻게 생각하는지 아시잖아요."

그녀의 말에 독고무영의 얼굴이 굳었다.

주숙정은 불편해 보이는 남편의 얼굴을 잠시 보다가 천 류영에게 시선을 옮겼다.

"천 공자. 우선 본가를 구해 주신 것에 대해 늦었지만 정식으로 감사의 말을 전할게요. 진심으로 고마워요."

"과찬이십니다. 모두가 합심했기에 좋은 결과가 나왔을 뿐입니다."

"호호호, 정말 목소리가 근사하네요. 얘기로 듣기는 했지만 정말 좋군요."

"감사합니다."

"단도직입적으로 물을게요. 우리 설이가 천 공자를 어떻게 생각하는지 알죠?"

독고무영의 굳은 얼굴이 차가워졌다.

"여보, 이 좋은 자리에서 왜 그딴 말을 꺼내는 거요? 천 공자, 신경 쓰지 말고 차를 마시게."

천류영은 귀밑머리를 긁적이고는 말을 받았다.

"아닙니다. 사실은 저도 이 문제에 대해 말씀을 드리려고 두 분을 찾아온 겁니다. 독고 소저와 제 문제를 한 번은 짚어야 하는데, 그때가 지금이라고 생각합니다."

독고무영의 눈가가 파르르 떨렸다.

3

주숙정은 남편과는 달리 가볍게 손뼉을 치며 미소 지었다.

"천 공자는 저하고 통하는 데가 있는 것 같네요. 맞아요. 이런 건 질질 끌면 끌수록 좋지 않지요. 쓸데없는 소문만 나기 십상이거든요."

"예. 사실 지금 독고 소저가 저희 어머니를 뵙고 있습니다. 저와 혼인하겠다고……."

독고무영이 놀라 자리에서 벌떡 일어섰다. 그러자 주숙정이 남편의 소매를 잡아당기며 차분하게 말했다.

"앉으세요. 천 공자가 얘기하고 있잖아요."

천류영은 일어선 독고무영을 올려보며 말했다.

"저희 어머니께서는 분명 말도 안 되는 일이라고 하실 겁니다. 하지만 두 분도 잘 아시다시피 독고 소저의 고집이 여간이 아니잖습니까? 그래서 어머니께서는 두 분의 허락을 먼저 받으라고 하실 겁니다."

주숙정은 노염으로 얼굴이 붉어진 남편을 옆에 다시 앉히고는 말했다.

"설이가 곧 이리 오겠군요."

"예, 그러니 두 분께서 소저를 잘 타일러 주십시오."

독고무영이 이마에 돋아난 땀을 훔치고는 고개를 끄덕였다.

"미안하네. 괜한 마음을 쓰게 했어. 내가 설이 녀석을 단단히 혼내 주지."

천류영은 그런 독고무영을 보며 쓴웃음을 삼켰다.

이미 이런 반응을 보일 거라 짐작하고 있었다. 그럼에도 씁쓸한 기분이 가슴에서 피어났다. 하지만 그런 내색을 숨긴 채 담담하게 말했다.

"잘 다독여 주십시오."

"그러지. 걱정 말게. 허, 참."

천류영과 독고무영은 서로 어색한 표정을 지으면서 찻잔을 들고 조금씩 홀짝였다.

주숙정이 그 둘의 모습을 보다가 남편에게 냉랭하게 말했다.

"당신은 천 공자와 설이 사이를 반대하는 거군요."

독고무영이 콧방귀를 뀌고는 곧바로 대꾸했다.

"말할 가치도 없지. 그럼 당신은 찬성한단 말이오?"

"저에게 가장 중요한 건 설이 마음이에요. 그 녀석 겉으로만 차갑고 깐깐하게 굴지 얼마나 여린 녀석인지 알잖아요."

그녀는 천류영에게 고개를 돌리고 말을 이었다.

"천 공자에게 설이란 어떤 의미죠? 성가신 존재인가요?"

천류영이 당황하는 가운데 주숙정의 말이 이어졌다.

"우리 딸이 천 공자에게는 겨우 그 정도 의미였군요. 자식 자랑은 팔불출이나 하는 거라지만 설이는 세상에서 제일 예뻐요. 그리고 속도 누구보다 깊죠. 내로라하는 고관대작들과 유명 무가에서 들어오는 청혼이 얼마나 많은지 아나요?"

"저는……."

천류영은 난감한 기색으로 말문을 열었다. 하지만 그 표정에 실망한 주숙정이 더 야멸차게 쏘아붙였다.

"천 공자는…… 조금, 아니, 아주 많이 실망스럽네요."

침묵하며 차만 홀짝이던 독고은이 눈치를 살피며 한 마디 했다.

"천 공자께서는 언니를 싫어하는 게 아니라 그냥 가문

이 차이가 난다고 생각하는 거겠죠."

주숙정이 찻잔을 소리 나게 탁 내려놓고는 신경질적으로 대꾸했다.

"알아. 그러니까 더 실망스럽지. 겨우 그 정도의 사내를 설이가 좋아한다는 것이! 세상의 장벽이 겁나 용기도 내지 못하고 스스로 포기하는 남자라면 내가 먼저 사양이야."

독고은이 당황하며 고개를 저었다.

"아니, 진짜는 그런 게 아니라⋯⋯."

독고은은 말을 잇지 못했다. 여기에서 유서 얘기를 꺼낼 수는 없지 않은가?

굳은 얼굴로 침묵하던 독고무영이 아내를 향해 버럭 화를 냈다.

"당신 지금 무슨 말을 하는 거요? 천 공자 면전에서 어찌 그런 말을!"

"왜요? 제가 무슨 틀린 말 했나요?"

"틀렸소!"

"뭐가 틀렸어요?"

"부족한 건 천 공자가 아니라 우리 딸이란 말이오! 그런데 왜 천 공자를 비난하는 거요?"

"⋯⋯!"

"천둥벌거숭이인 설이를 무슨 염치로 천 공자에게 부탁

한단 말이오!"

"여, 여보……."

주숙정은 기가 막혀 말조차 제대로 나오지 않았다. 독고은 역시 놀라 입을 쩍 벌렸다. 그건 천류영도 예외는 아니었다.

독고무영의 고함이 이어졌다.

"설이 그 녀석은 제대로 신부 수업을 받은 적도 없소. 그저 치고받고 싸우는 무공광일 뿐이지. 게다가 툭하면 남장이나 하고. 그런 설이를 어떻게 천 공자에게 부탁한단 말이오!"

천류영이 정신을 차리고 입을 열었다.

"가, 가주님. 그게 무슨 말씀이십니까?"

"미안하네. 솔직히 자네를 사위 삼고 싶다는 생각이 얼마나 굴뚝같은지 아나? 자네만 보면 욕심이 펄펄 끓어."

"가주님……."

"당문의 독수 어르신이 자네를 얼마나 노골적으로 원하는지 모르지? 자네는 앞으로 우리나 당문보다 더 귀한 가문에서 참한 현모양처를…… 젠장, 그걸 아는데 무슨 염치로! 설이의 그 성격에 자네가 말라죽어 갈 것을 생각하면……."

주숙정이 충격에서 벗어나 발끈했다.

"당신 그게 무슨 말이에요. 딸 성격도 몰라요? 얼마나 속이 깊은 아이인데 그런 말을 해요?"

"처음에야 천 공자에게 잘해 주겠지. 하지만 몇 년 만 지나면 천 공자를 치마폭에 감싸고 망칠 거요. 난 그 꼴 못 봐!"

"그게 딸을 두고 할 소리예요?"

"지금도 봐! 어디 여자가 먼저 나서서. 그러니까 천 공 자가 놀라서 우리에게 도망쳐 온 거잖아. 내가 부끄러워 서 정말이지……."

"여보!"

독고은은 아버지의 말에 질린 표정을 지었다가 천류영 을 보았다. 천류영과 함께한 사람들이 얼마나 그를 우러 르는지는 잘 알고 있었다. 그러나 아버지가 이런 말을 할 줄은 상상도 못했다.

그때 쾅하고 문이 열렸다.

독고설이다.

그녀는 입술을 꾹 깨물고 안의 사람들을 훑고는 독고무 영을 향해 말했다.

"아버지, 저는 천 공자에게 잘할 자신 있어요. 그런데 어떻게 천 공자 앞에서 그런 말씀을 하시는 거죠? 사람 없는 데에서 욕하지 말라고 가르치신 분은 아버지세요."

그녀는 분한 듯 씩씩거리며 안으로 들어섰다. 그 모습 에 독고무영이 혀를 차며 자리에 털썩 주저앉았다.

"부인, 보시오. 애비 앞에서도 눈을 똑바로 뜨고, 하고 싶은 말 다하는 저 녀석을. 그런 설이가 천 공자와 혼인하면……."

"아버지!"

"어디서 큰 소리를 내는 것이냐?"

독고무영이 호통을 치자 주숙정이 맞받아쳤다.

"당신이야말로 소리 좀 죽여요."

천류영은 머릿속이 어지러워졌다. 수많은 변수들이 넘치는 전장에서도 늘 정확한 판단을 내리던 그는 지금의 상황이 기가 막힐 지경이었다.

그의 입에서 자신도 모르게 피식 웃음이 흘러나왔다. 그는 독고무영을 보았다. 주숙정과 독고설을 상대로 고함을 치는 그를 보며 가슴이 훈훈해졌다.

서로 아웅다웅 말다툼을 하고 있지만 그 저변에 흐르는 따뜻한 가족애가 심장을 뭉클하게 했다.

대외적으로 신중하기로 유명한 독고무영이 가족을 대하는 모습은 신선한 충격이었다.

또한 높은 곳에 있는 사람들이라고 선입견을 가졌던 자신이 부끄러워졌다.

그때 독고은이 쌍수를 치켜들고 외쳤다.

"모두 그만 좀 하세요!"

어찌나 크게 소리를 질렀는지 모두가 놀라 입을 다물었

다. 독고은이 가족과 눈을 일일이 마주치고는 말했다.

"그러니까 결론은 천 공자에게 달린 거네요. 천 공자가 언니를 좋아하면 되는 거 아니에요?"

그녀는 천류영을 직시하며 질문을 던졌다.

"천 공자께서는 우리 언니를 어떻게 생각해요?"

모두가 입을 다물고 천류영을 주시했다. 독고무영과 주숙정의 침 삼키는 소리가 정적 위로 흐르는 가운데 독고은이 다시 말했다.

"계속 남의 집 불구경만 할 생각이 아니라면 입장을 밝혀 주세요."

천류영은 쓴웃음을 깨물었다.

독고은은 자신이 어떤 선택을 할지 알고 있었다.

죽음을 결심한 자신이 독고설을 욕심내는 건 비겁한 짓이었다. 그때 독고설이 한 차례 심호흡을 하고는 입을 열었다.

"천 공자가 말하기 전에 몇 마디만 할게요."

모두의 시선이 독고설에게 이동했다. 천류영은 유서를 보았을 독고설을 보며 고개를 끄덕였다.

"말씀하십시오."

"사람은 어느 누구도 자신이 언제 죽을지 몰라요."

"……."

"내일 벼락에 맞아 죽을 수도 있죠. 걷다가 넘어졌는데

머리에 뾰족한 돌이 박혀 죽을 수도 있고요. 세상에서 가장 질긴 게 사람 목숨이라지만 또한 제일 연약한 것도 사람 목숨이에요."

"소저……."

"그러니까 사람은 살아 있을 때 사랑해야 한다고 믿어요."

독고무영과 주숙정은 고개를 갸웃거렸다. 얘기의 방향이 묘하다는 느낌이 든 것이다. 뭔가 사연이 있는 것 같은 생각이 들었다.

독고은은 언니의 절절한 심정이 느껴져 코끝이 찡해졌다. 그렇게 모두가 독고설과 천류영을 보았다.

천류영은 귀밑머리를 긁적거리며 피식 웃었다. 그리고는 독고설의 눈을 마주하며 입을 열었다. 특유의 감미로운 음성이 흘러나왔다.

"저도 소저가 좋습니다."

독고무영과 주숙정은 눈을 화등잔만 하게 뜨며 서로 손을 잡고 부르르 떨었다.

독고설이 환하게 미소 지었다.

독고은은 항상 예쁘던 언니가 지금 이 순간 가장 빛난다는 생각을 했다.

그만큼 독고설의 미소는 너무 빛나서 오히려 안타까울 정도로 아름다웠다. 얼굴에 남아 있는 혹과 멍 자국은 순간 사라진 것 같았다.

천류영 역시 눈이 부시다는 생각을 하며 독고설을 보다가 말했다.

"제가 절강성에서 맡은 바 소임을 다하고 돌아올 수 있다면, 그리고 그때까지 소저의 마음이 변하지 않는다면…… 그때 제가 청혼을 하겠습니다."

독고무영이 버럭 소리를 질렀다.

"사위!"

주숙정이 눈치 없다는 듯이 남편의 입을 틀어막고는 그에게 속삭였다.

"낄 데 못 낄 데를 좀 구분하세요."

독고설은 아픈 미소를 깨물었다. 천류영이 방금 왜 그런 말을 했는지 알기 때문에. 하지만 그녀의 미소는 다시 환해졌다.

"약속한 거예요."

천류영이 고개를 끄덕이자 독고설이 말을 이었다.

"천 공자, 만약…… 제가 천 공자의 호위 임무를 하다가 죽으면 저보다 훨씬 더 멋진 여인을 만나 행복하게 사세요. 저승에서도 천 공자의 행복을 빌어 드릴게요."

"……!"

천류영의 눈가가 파르르 경련을 일으켰다. 그의 입가가 씰룩거렸다.

자신이 유서에 썼던 이 말이 이렇게 가슴을 후벼 파는 아픈 말이었구나.

천류영은 입술을 꾹 깨물었다가 힘겹게 말을 꺼냈다.

"소저는…… 죽지 않을 겁니다. 약속드리지요."

독고설이 그런 천류영을 보며 눈을 빛냈다.

"천 공자야말로 죽지 않을 거예요. 제가 호위니까요."

*   *   *

닷새 후 아침, 천류영은 전날 복귀한 구위 사범과 더불어 독고설, 조전후, 오성검 장로 외(外) 오십 명으로 이뤄진 독고세가의 검풍대(劍風隊)를 이끌고 장도에 올랐다.

무림에 파란을 몰고 올, 무림맹 사군사로서의 정식 출도였다.

4

쇄애애애액.

서걱.

혈의(血衣) 초로인이 눈을 부릅뜬 채 상대를 보다가 고개를 내렸다. 가슴을 깊게 베고 지나간 자리로 핏물이 봇물처럼 터져 나와 흘렀다.

경악과 허망함이 담긴 초로인의 눈빛은 서서히 생기를 잃었다.

"네, 네놈이…… 이렇게 강했나?"

그는 털썩 무릎을 꿇었다가 이내 차가운 눈밭으로 쓰러졌다.

초지명 흑랑대주는 청룡극을 가볍게 흔들어 피를 털어 내고는 주변을 돌아보았다.

마교 추격대의 최고수가 죽자 남은 이들은 미련 없이 꼬리를 말고 도망치기 시작했다.

반 시진 가까운 싸움이 끝난 것이다.

초지명은 우울한 얼굴로 입술을 깨물었다.

지금 저들은 후퇴하지만 머지않아 다시 뒤쫓아 올 것이리라.

"지겹군."

반년이 넘도록 도망자 신세.

추적자들은 집요하고 끈질겼다.

하긴 그럴 수밖에.

저들은 마교니까.

자신들이 마교에 있을 때에는 끈질긴 것이 자랑스러웠다. 그러나 쫓기는 입장이 되고 보니 진저리가 날 정도로 지긋지긋했다.

몽추가 사상자들을 살피는 사이에 파륵이 초지명에게

다가왔다.

"대주님."

초지명은 대꾸 없이 근처에 있는 바위에 몸을 기댔다. 몸이 천근만근 무거웠다. 숙면을 취한 적이 언제인지 기억조차 나지 않았다.

파륵은 초지명을 안쓰러운 눈빛으로 보았다.

대주는 반년 동안 마교의 숱한 고수들과 싸우면서 서서히 침몰하고 있었다. 진즉 한계를 넘었음에도 수하들을 지키기 위해 버티는 중이었다.

파륵이 기형도를 가죽 칼집에 쑤셔 넣으며 말했다.

"한 시진이라도 주무십시오. 벌써 사흘째 눈 한 번 붙이지 못하셨습니다."

"나만 힘든 게 아니야."

"가장 많이 싸우셨고 부상도 심하시지 않습니까?"

"크크큭, 말 나온 김에 붕대나 갈고 움직이지."

초지명은 상의를 벗었다. 그러자 피가 굳어 검어진 붕대가 드러났다. 그는 그 붕대를 풀면서 말했다.

"천랑대는 잘 버티고 있을까?"

한 번에 많은 인원이 이동하면 추격이 쉬워진다. 그렇기에 천랑대와 흑랑대 그리고 마창이 이끄는 마교도, 셋으로 나눈 지 석 달이 넘었다.

파륵이 새 붕대를 꺼내며 투덜거렸다.

"지금 우리가 남 걱정할 땝니까?"

초지명은 파륵을 보며 피식 웃었다.

"그것도 그렇군."

그는 하늘을 올려보았다.

초지명의 우울한 심정을 대변하는 듯 온통 구름 낀 회색빛이었다.

파륵은 초지명의 배를 보고는 한숨을 쉬었다.

"상처가 또 벌어졌습니다."

"어쩔 수 없는 일이지. 놈들이 아물 기회를 안 주잖아."

파륵은 금창약을 찢어진 배 위에 바르고는 조심스럽게 그러나 단단하게 감기 시작했다. 초지명이 손을 내밀며 말했다.

"내가 할 테니 잠시라도 쉬어."

"아닙니다. 제가 하겠습니다."

초지명이 붕대를 빼앗아 자신이 직접 둘렀다.

그것을 가만히 지켜보던 파륵이 갑자기 빽 소리를 질렀다.

"젠장! 젠장! 젠장!"

그가 그렇게 고함을 쳤지만 아무도 신경 쓰지 않았다. 몽추가 다가와서 파륵의 뒤통수를 한 대 갈겼다.

"고함칠 힘이 남았으면 좀 나눠 주라."

몽추는 초지명을 향해 보고를 올렸다.

"아홉이 죽고 일곱이 다쳤습니다."

초지명은 한숨을 삼키고 고개를 끄덕이고는 붕대를 매듭짓고 물었다.

"중상자는…… 없나?"

몽추가 고개를 떨구고 답했다.

"한 명. 중포가 가망 없습니다."

흑랑대의 고참으로 십 년 넘게 함께 한 인물이다. 초지명의 눈가가 살짝 떨렸다. 그러나 그는 담담하게 말했다.

"중포가? 그렇군."

"대주님께서 해 주길 원합니다."

초지명은 침묵했고 파륵은 다시 '젠장!'이라는 말을 잇따라 하다가 투덜거렸다.

"제 목숨 제 손으로 끊지 왜 모두 대주님에게 부탁하는 거야?"

중상자는 함께 이동할 수 없었다. 모두가 탈진에 가깝게 지친 상태였으니까. 중상자는 그들의 의견을 따라 처리했다.

스스로 자진하거나 죽여 줄 사람을 지목했다. 아니면 그냥 남겨 두고 떠나라고 해도 무방했다.

그러나 지금까지 모든 중상자들은 초지명에게 마지막을 부탁했다. 그것이 초지명에게 얼마나 잔인한 것인지 알면서도 그들은 존경하는 초지명이 목숨을 끊어 주길 원했다.

초지명은 상의를 입고는 앞으로 발을 내디뎠다. 그는 눈밭에 누워 숨을 헐떡이는 중포의 머리맡에 한쪽 무릎을 꿇으며 앉았다.

"중포."

"대주님…… 쿨럭."

그가 기침을 하자 핏물이 한 움큼 흘러나와 가뜩이나 붉은 입가와 턱을 타고 흘렀다.

"그동안 고생했어."

중포는 붉은 이를 드러내며 소리 없이 웃었다.

"대주님, 죄송합니다."

초지명은 미소로 그의 어깨를 툭툭 두드렸다.

"아니야, 내가 미안해."

"대주님을 모셔서 정말…… 좋았습니다."

"나도 너와 함께 한 시간들이 좋았다."

"마지막까지 이런 부탁을 해서…… 죄송합니다."

초지명이 다시 어깨를 두드렸다.

"괜찮아. 자네는 내게 그런 요구를 할 자격이 있어. 자네 같이 멋진 무사는 나 정도 되는 무사의 손에 최후를 마쳐야지."

중포는 다시 기침을 해 대다가 말했다.

"복수를…… 부탁드립니다."

"그래, 맡겨 줘."

"흑랑대의 명예도…… 다시 세워…… 주십시오."

"물론이지."

중포는 심호흡을 하고는 미소 지으며 손을 힘겹게 들어 올렸다. 아직 손에서 놓지 않고 있는 그의 피 묻은 칼이 위로 올라왔다.

"대주님, 저는…… 준비됐습니다."

초지명은 이를 악물었지만 미소를 잃지 않았다. 그는 중포에게서 칼을 넘겨받았다.

중포가 웃는 눈으로 초지명을 향해 말했다.

"대주님."

"……."

"저에게 패왕의 별은…… 당신이었습니다."

"고맙군."

초지명은 중포의 심장을 향해 있는 힘껏 칼을 쑤셔 넣었다.

"큭."

중포의 입에서 나직한 신음이 흘러나오고 전신이 잔경련을 일으켰다. 그리고 그의 고개가 옆으로 툭 떨어졌다.

초지명은 칼을 놓고는 아직 떠 있는 중포의 눈을 감겨주었다. 그리고 일어나서 수하들에게 말했다.

"이동한다."

초지명은 짧은 명을 내리고 앞장서 걸었다. 수하들은 그런 초지명의 등을 보며 한참 뒤에서 따랐다.

자신의 대주인 초지명이 눈치 보지 않고 편히 울 수 있도록.

파륵이 또다시 '젠장!'을 연신 외쳐 댔다.

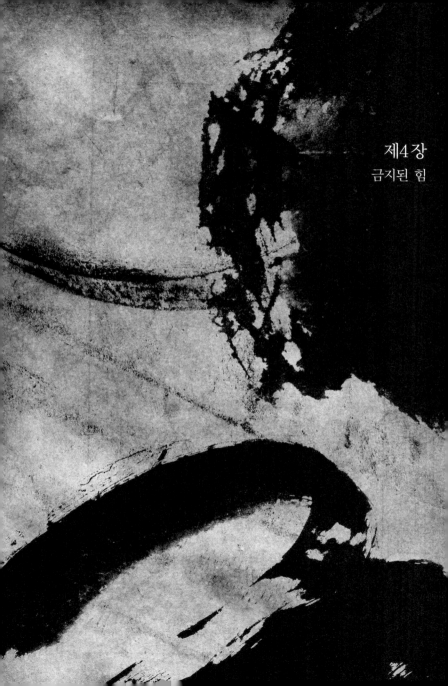

제4장
금지된 힘

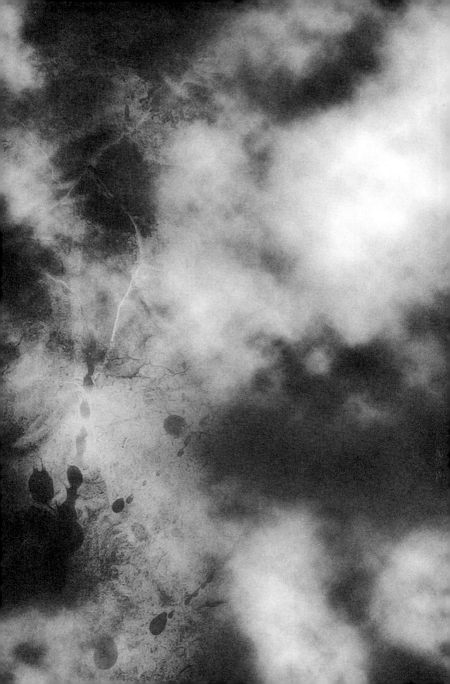

1

그르르릉.

지하 석실의 문을 열고 건장한 체격의 대머리 사내가 안으로 들어섰다. 하의만 입은 그 사내는 닭다리를 뜯으며 벽에 걸려 있는 천마검을 보고 음산하게 웃었다.

"흐흐흐, 천마검. 오랜만이야."

그는 천마검의 이 장 앞에 놓인 의자에 앉고는 말을 이었다.

"요즘 날 보지 못해서 심심하지는 않았나?"

그는 배교의 고문 기술자였다. 지난 반년간 천마검에게 몸서리쳐질 만큼 지독한 고통을 선사한 사내.

대머리는 백운회의 몸을 보며 눈을 빛냈다.

"호오, 정말로 가슴과 아랫배가 제법 검게 물들었군. 그렇게 버티더니. 크크큭."

백운회는 고개를 들어 그를 보고는 입을 열었다.

"그러고 보니 네 이름도 모르는군."

백운회의 말이 의외였을까?

허리춤에 매어 있던 호리병을 꺼내 옆의 탁자에 올려놓던 대머리가 찰나 동작을 멈췄다. 그는 고개를 돌려 천마검을 보고는 어이없다는 기색으로 키득거렸다.

"크크큭, 간이 배 밖으로 나왔군. 고작 강시가 될 놈이 감히 내 이름을 물어?"

그는 의자에서 일어나며 호리병을 입가에 댔다. 호리병 입구에서 무색의 술이 콸콸 쏟아져 나왔다.

그는 술을 마시고는 손등으로 입가를 훔치고 말했다.

"뭐, 좋아. 오늘은 본교의 축제날이니 특별히 아량을 베풀어 내 존성대명을 알려 주지. 잘 듣고 따라하도록."

"그러지."

비록 반말이기는 하나 천마검이 선선이 동의하자 대머리는 눈살을 찌푸렸다.

천마검은 거의 말이 없었기 때문이었다.

솔직히 고문을 업으로 살아가는 그에게 천마검은 죽이고 싶을 만큼 증오스러운 인물이었다.

대머리에겐 비명 소리가 세상 어떤 것보다 황홀한 쾌락이었다. 그런데 천마검은 지금껏 신음을 단 한 번도 흘리지 않은 독한 놈이었다.

수백의 독종을 다뤄 봤지만 천마검만큼 독한 놈은 처음이었다. 그리고 앞으로도 없을 것이라 확신했다.

"내 이름은 말이지."

그는 호리병을 흔들면서 말했다.

"주!"

백운회가 담담한 목소리로 따라했다.

"주."

"인!"

"인."

"님!"

백운회가 눈살을 찌푸리며 입술을 깨물었다. 그러자 대머리가 배를 잡고는 크게 웃어 댔다.

"크하하하. 주인님! 바로 내가 네놈의 주인님이란 말이다. 당장 따라하지 못할까?"

"……."

대머리는 다시 술을 들이키고는 인상을 굵었다.

"천마검, 이 주인님께서 따라하라고 말한 거 못 들었나? 건방진 새끼."

그는 고문 기구가 즐비한 탁자로 이동해서는 길고 뾰족

한 침을 들었다.

"따라하라고. 안 그러면 이 장침(長針)으로 네 눈깔을 쑤시고 파내 버릴 테니까."

그는 오른손에는 장침을 왼손엔 호리병을 들고 천마검 앞으로 다가왔다. 그리고는 장침의 끝을 백운회의 눈 바로 앞에 위치시키고는 웃었다.

"크크크. 너 이 새끼, 윗분들이 죽이지 못하게 하니까 나한테 개기는 거지?"

"……."

"근데 그거 알아? 네놈을 장님으로 만들면 문책을 받겠지만 눈깔 하나 정도는 내 끗발로 찢어 버릴 수도 있다는 거."

"원한다면."

"내가 못할 것 같아? 엉!"

백운회는 말없이 장침을 보았다. 살짝만 밀면 눈동자에 박힐 장침의 끝이 흔들거렸다.

대머리는 언제나처럼 백운회의 얼굴에서 공포의 기색을 읽을 수 없자 '쳇!' 하며 인상을 썼다.

"넌 정말 재수 없는 놈이야."

그는 장침을 회수했다가 다시 뻗었다.

푸욱.

장침이 백운회 옆구리의 늑골 사이를 비집고 들어갔다.

그는 내장 기관을 상하지 않게 하면서 고통을 극대화시키는 지점을 모조리 꿰뚫고 있었다.

백운회는 어금니를 깨물며 신음을 삼켰다.

이런 장침이 수백 개가 꽂힌 적도 있었다. 그런데도 여전히 고통은 익숙해지지 않았다.

대머리가 백운회를 쏘아보며 말했다.

"천마검, 내가 오늘은 술을 좀 마셨거든. 그게 무슨 뜻인지 알지? 정확도가 떨어질 수도 있단 말이야."

대머리는 방금 꽂은 장침을 빙글빙글 돌렸다. 백운회의 이마 위로 식은땀이 맺히고 목에 힘줄이 도드라졌다.

대머리는 잔인한 미소를 연신 흘리며 장침을 돌리다가 천천히 빼냈다. 그러자 작은 구멍에서 핏물이 살을 타고 또르륵 흘렀다.

"오늘은 하나의 장침만으로 수백 번 찔러 볼까? 어떻게 생각해?"

백운회는 대머리의 눈을 직시하며 피식 웃었다.

"원하는 대로."

"오! 처음에 내가 뽑았던 발톱이 그새 많이 자랐군. 다시 하나씩 뽑아 줄까?"

"그래, 그것도 재미있겠군. 네놈은 발톱이나 깎아 주는 게 어울리긴 하지."

대머리의 검미가 꿈틀거렸다.

짜악!

대머리는 장침을 바닥에 팽개치고는 백운회의 **뺨**을 때리기 시작했다.

짜악, 짜악……

그는 쉴 새 없이 따귀를 날렸다.

짜악, 짜악, 짜악!

그렇게 수십 차례를 때리고 나서야 격한 숨을 내쉬며 멈췄다.

"지독한 새끼. 어떻게 신음 한 번을 안 뱉어?"

그는 자신의 손을 흔들었다. 어찌나 쉬지 않고 때렸는지 손바닥이 얼얼했다.

백운회는 핏물을 뱉고는 다시 대머리의 눈을 보았다.

대머리가 말했다.

"내가 그런 눈빛으로 날 보면 안 된다고 말했지! 눈 깔라고 몇 번을 말해 줘야 말귀를 알아먹겠어? 이 개새끼야!"

그가 들고 있던 호리병으로 백운회의 머리를 갈겼다.

콰직.

호리병이 깨지며 술이 머리카락을 적셨다. 독한 주향이 진동했다.

"천마검! 너 오늘 제대로 고문 한번 받아 볼래?"

"언제는 대충했었나? 후후후."

백운회는 낮게 웃었다. 그 모습에 대머리의 눈에 쌍심지가 켜졌다.

"이 새끼가 정말이지……."

대머리가 손으로 백운회의 멱을 움켜잡는 순간 백운회가 입을 열었다.

"네 고문술은 꽤 훌륭해."

"……!"

"하지만 그거 알아? 역천배환대법이란 그 빌어먹을 술법에 비하면 장난이야."

"……."

"궁금하다면 네가 직접 경험해 봐라."

대머리의 얼굴이 노염으로 불타올랐다. 그는 부들부들 떨면서 백운회를 한참 노려보다가 멱을 놓고는 획 돌아섰다. 그리고 천천히 의자로 돌아 앉고는 탁자 위에 두었던 닭다리를 뜯었다.

그는 뭔가를 생각하는 표정으로 닭다리를 다 먹고는 뼈를 옆으로 던지며 말했다.

"맞아. 그 술법을 직접 경험해 본 적은 없지만 분명 그럴 거야. 크크큭. 그래, 인정하지. 역시 이런 고문 방법으로는 안 되는 거야."

"……."

"그래서 지금부터 나는 아주 새로운 방법으로 널 고문

하려고 해. 방금 떠오른 생각이지만 왠지 효과가 있을 것 같군."

백운회는 다시 피식 웃고 대꾸했다.

"마음대로 해라."

마기와 사기를 조화하는 시도가 마무리 단계에 이르렀다. 이제 하루 정도만 있으면 완성할 자신이 있었다.

그 시간만 버티면 자신은 새로운 경지에 들어설 것이다. 그 경지란 것이 어떤 것이지는 아직 정확하게 알 수는 없었다. 하지만 지금 단전에서 들끓는 힘은 자신이 평생 경험하지 못한 미증유의 것이었다.

무슨 일이든 처음과 마무리가 중요하다.

첫 시도가 잘못 꿰이면 방향 자체가 망가진다. 그리고 마지막 마무리를 허투루 하면 공든 탑이 무너질 수 있었다.

하루만, 딱 하루만 버티면 된다.

그렇게 백운회가 속으로 다짐하는 사이에 대머리는 밖으로 나갔다가 한참 만에 다시 술을 들고 돌아왔다. 그는 의자에 다리를 꼬고 앉아서는 입을 열었다.

"오래 기다렸나? 준비할 게 좀 있었거든. 기대해도 좋을 거야."

"설레는군."

"그래, 건방 떨 수 있을 때 떨라고. 그럼 이제부터 시작해 볼까? 내가 아주 재미있는 얘기를 하나 해 주지."

"고문을 한다더니 마음을 바꿨나?"

"아니, 아니야. 너 같은 놈에겐 이런 얘기가 고문일 수 있지. 그래, 왜 진작 이 생각을 하지 못했을까?"

"……?"

"죄인을 사랑한 여인의 이야기야."

백운회는 어이가 없어 고개를 돌렸다. 놈이 고문을 하지 않고 시간을 때우면 자신으로서는 고마운 일이었다. 물론 그렇다고 놈을 향한 살의가 누그러지는 것은 아니겠지만 말이다.

대머리는 한 모금의 술로 목을 축이고는 얘기를 시작했다.

"죄인의 이름은 마교에서 한때 최고로 잘나갔던 천마검 백운회. 남자 주인공이지. 그에 관한 무용담은 너무 많아 셀 수가 없을 정도야. 숱한 여인들이 그의 초상화를 보며 잠 못 이룰 정도로 잘생기기까지 했지."

"……"

"여자 주인공은 화선부주, 한사녀고. 정말 안타까울 정도로 비련의 운명을 타고난 계집이지. 절색의 미모를 가졌으나 화재로 인해 괴물이 되어 버린 가련한 여인."

백운회는 다시 대머리를 보며 입술을 깨물었다.

"이미 죽은 사람의 얘기를 하고 싶은가? 악취미군. 하긴 그게 변태인 너다운 거겠지."

대머리가 반색하며 손뼉을 쳤다.

"호오, 역시 한사녀가 살아 있다는 걸 몰랐군. 역시 내 예상이 맞았어."

백운회의 눈이 커졌다. 그 모습을 본 대머리가 손바닥을 비비며 즐거워했다.

"이 새로운 고문 방법이 생각보다 제대로 먹힐 것 같은 예감이 드는군. 네놈이 괴로워하는 모습을 제대로 볼 수 있을 것 같아."

"……."

"네가 알고 있는 얘기는 재미없겠지. 좋아, 보름 전 얘기부터 하자고. 우리 교주님께서는 한사녀를 죽이지 않았지. 왜냐면 그 계집은 의술 실력이 아주 좋거든. 그 재능을 버리기엔 너무 아까우니까."

백운회는 의심의 눈빛으로 물었다.

"정말 그녀가 살아 있나?"

"크흐흐흐. 물론. 문제는 말이지. 이틀 뒤 그녀가 깨어난 다음부터야. 그 계집은 분수도 모르고 앞으로 본교에 협력하지 않겠다고 선언했어. 네놈의 목숨과 화선부의 제자들을 인질로 협박해도 거절했지."

"……."

"전해 들은 얘기지만 꽤 당당했다더군. 천마검은 결국

특강시가 되거나 죽을 것이고, 화선부 제자들은 평생 노예로 살게 될 터, 차라리 죽는 게 낫다고 선언한 거야."

백운회의 입가로 흐린 미소가 번져 갔다. 그는 고개를 살짝 끄덕이며 중얼거렸다.

"그런가? 그녀답군."

"크크큭. 그러니 본교의 높은 분들께서는 곤혹스러워진 거지. 화선부의 제자들은 한사녀가 안전한 것을 봐야 협력하겠다고 하고, 한사녀는 협조를 거부했으니까. 이런 상황에 한사녀를 화선부 제자들과 만나게 해 줄 수도 없지 않겠어? 그 계집이 제자들을 선동해 함께 자진할 수도 있으니까. 그것들이 제법 독한 구석이 있거든."

대머리는 목이 탄다는 듯이 술을 벌컥벌컥 마시고는 눈을 희번덕거렸다.

"자, 말이 안 통하니 어떻게 해야겠어? 윗분들은 어떤 선택을 했을까?"

백운회의 눈동자가 흔들렸다.

"고문을…… 했나?"

"크크큭, 정답."

"개자식들."

백운회가 치를 떠는 모습에 대머리가 박장대소를 했다.

"크하하하. 좋아, 네가 분노하는 것을 보니 행복해지는군. 그 고문은 너에게 행해진 것과 별 차이가 없었어. 그런데 아쉽게도 그녀는 네놈보다 체력이나 의지가 형편없더라고. 어찌나 비명을 질러 대는지 즐거워 죽는 줄 알았어."

그는 어깨춤까지 추며 흥겨워했다. 그리고 다시 술을 마시고는 말했다.

"그런데 독하더군. 끝까지 굴복은 하지 않는 거야. 나야 뭐 고문하는 재미가 있으니 손해 볼 것은 없지만 윗분들 심정은 그렇지 않잖아? 결과를 내놓으라고 재촉이 심해졌지."

"……"

"미치겠더군. 고통에 허덕이면서도 끝까지 굴복은 안해. 그런데 조금 전에 내게 좋은 생각이 떠올랐어. 내가 그녀의 남자가 되는 거지."

"……!"

"부부가 되면 남편 말은 들어주지 않겠어?"

"지금 그걸 말이라고 하는 건가?"

대머리가 어깨를 으쓱하며 울상을 지었다.

"나도 좋지만은 않다고. 그 흉측한 계집을 품고 싶은 생각은 별로 없거든. 그런데 생각해 보니 불을 끄면 미녀나 추녀나 똑같은 거 아니겠어? 무엇보다……"

대머리가 갑자기 말을 멈추고 눈을 빛냈다. 잔인함과 욕정이 번들거리는 눈빛의 그는 소리 없이 음산한 미소를 피어 올리고는 말을 이었다.

"지난 반년간 나에게 패배감을 준 네놈을 제대로 엿 먹여 줄 수 있을 것 같다는 거지. 그래, 그런 너의 표정, 아주 마음에 들어. 내가 바란 게 바로 그거라고!"

백운회의 양 뺨은 얼마 전부터 분노로 부들부들 떨리기 시작했다.

대머리는 술을 들이키다가 다 마신 것을 알고는 바닥에 내던지고 일어났다.

"내가 술을 가져오면서 시간이 좀 걸렸지? 그때 기억나나? 내가 준비할 게 있어서 늦었다고 말한 거."

"……."

"크흐흐. 그래, 한사녀다. 그 계집을 오른쪽 옆방에 두었지. 그다음 얘기는 나중에 해야겠군. 내가 그 방에 볼일이 있거든."

백운회는 고개를 들어 천장을 바라보았다. 그리고 눈을 감고 입술을 깨물었다.

"이게 내 운명이라면……."

하루만 버티면 된다. 아직 불안정한 기운을 지금 끌어낸다면 그 힘이 어느 정도일지도 모르거니와 무엇보다 후유증이 심각할 공산이 컸다. 당장 주화입마를 입어 폐인이 될 확률도 높았다.

하지만 그는 단전을 서서히 회전시키기 시작했다.

대머리는 여전히 희희낙락하며 석문을 향해 걸었다.

"그래, 그게 네 운명이다. 버려진 인생. 그리고 얼마 후에는 특강시가 되어 영원히 노예로 살겠지."

그가 밖으로 나가 석실 문을 쾅하고 닫았다.

그러나 백운회는 여전히 눈을 감은 채 집중했다. 폭발적인 힘이 그의 혈도를 타고 미친 속도로 질주했다.

뭉클뭉클.

그의 신형에서 붉은빛과 검은빛이 흘러나오며 안개를 이뤘다. 가슴과 단전어림께 물들었던 검은빛이 더욱 짙어졌다.

쿠쿠쿠쿠쿵.

백운회는 몸속에서 달리는 기운이 굉음을 일으키며 폭발하는 것을 느꼈다. 그렇게 기운은 폭발하면서 달렸다.

부르르르르.

백운회의 육체가 거센 경련을 일으켰다. 그가 이를 악물었다.

퍼어엉!

백운회는 머릿속에서 거대한 폭음이 터지는 소리를 들었다. 그의 입술이 열리고 피분수가 튀어나왔다.

스스스스스숫.

그의 주변에 어린 연무가 코와 입으로 서서히 **빨려 들어갔다.** 전신의 모공으로도 흡수됐다. 그리고 천장을 향했던 그의 고개가 내려와 정면을 향하고는 눈을 떴다.

번쩍!

백운회의 눈에서 짙은 혈광이 폭사됐다. 그는 천천히 목을 돌렸다. 그렇게 한 바퀴를 돌리고 다시 정면을 보며 중얼거렸다.

"나는 천마검 백운회야."

콰아아아아앙!

그의 양쪽 손목과 발목 그리고 허리와 허벅지를 감싸고 있던 만년한철이 산산이 깨져 나갔다.

2

백운회의 신형이 바닥에서 반 장 가량 둥실 떠올랐다.

"후우우우, 후우우우."

들숨과 날숨이 반복됐다.

그는 연이어 심호흡을 하며 어깨를 천천히 돌렸다. 손목과 발목도 몇 번 돌렸다.

일반적으로 반년간 매달려 있으면 근육량이 현저하게 감소한다. 그러나 백운회는 달랐다. 배교의 지독한 고문을 버티느라 근육이 줄어들 시간이 없었다.

백운회의 육신이 다시 바닥으로 내려섰다.

지하석실에서 일어난 폭음으로 문밖 복도에 있던 장한

하나가 석문을 열며 들어섰다. 그는 짜증스러운 얼굴로 버럭 고함을 질렀다.

"대체 무슨 소란이야? 조용히 있지 못하겠어?"

그는 설마하니 천마검이 만년한철을 끊었다고는 상상할 수조차 없었다.

"어?"

장한은 눈을 껌뻑이며 자신의 눈을 의심했다.

천마검이 자유의 몸으로 서 있었다.

자신의 몸을 내려다보던 백운회는 옆으로 고개를 돌려 장한을 마주 보았다.

눈과 눈이 마주치는 순간.

장한은 얼어붙었다.

개구리가 뱀 앞에서 마비되듯이 장한은 꼼짝도 할 수가 없었다. 도망 가야 한다는 생각조차 나지 않았다. 비명조차 지를 수 없었다.

백운회는 그 배교도를 향해 천천히 팔을 들고 손을 펼쳤다.

장한은 검붉은 기운의 장력이 쇄도하는 것을 보았다.

퍼어어엉!

"커어억!"

장한의 신형이 뒤로 날아가 문밖 복도의 벽에 충돌했다가 떨어졌다. 목뼈가 부러진 즉사였다.

지하의 긴 복도 곳곳에 있던 아홉의 배교도들과 세 구의 철강시가 일제히 고개를 돌렸다. 그들의 시선은 폭발적인 속도로 튕겨져 나와 죽은 동료에게서 열린 석실의 입구로 이동했다.

놀란 그들은 영문을 모르겠다는 표정이었다. 그들 역시 천마검이 만년한철로 만들어진 족쇄에서 풀려났다는 것은 생각할 수 없었다. 더구나 천마검의 족쇄를 풀 수 있는 열쇠는 수뇌부만 가지고 있었다.

저벅, 저벅.

발소리가 들렸다.

모두의 목젖이 꿀렁거렸다. 작금의 상황이 이해가 되지 않아 머릿속이 헝클어졌다.

그리고 석문 입구에서 백운회가 모습을 드러냈다. 모두의 눈이 화등잔만 하게 커져갔다.

한 배교도가 중얼거렸다.

"어, 어떻게?"

백운회가 방금 말한 사내를 보고 말했다.

"축제를 피로 물들여 주지."

*　　　　　*　　　　　*

백운회가 자유를 찾기 얼마 전.

천마검이 있는 석실에서 나온 대머리는 조금 전 하연을 처박아 둔 옆 석실로 들어갔다.

열흘 가까운 고문으로 피폐해진 하연은 대머리를 원독에 찬 눈으로 쏘아보며 이를 갈았다.

"나를 왜 이곳으로 옮긴 거지?"

대머리가 이를 드러내며 웃었다.

"크크큭, 왜 싫은가? 바로 이 벽 너머에 네가 사모하는 천마검이 있다고."

그는 벽을 손으로 쿵쿵 치면서 하연의 전신을 훑어보며 중얼거리듯이 말했다.

"아쉬워. 화상만 입지 않았다면 누구나 탐낼 만한 죽이는 몸매인데 말이지."

하연은 뜻 모를 불길한 예감에 사로잡혔다. 특히나 대머리의 번뜩이는 눈빛이 평소와 다르게 더 희번덕거렸다.

그런데 갑자기 대머리가 허리의 매듭을 풀더니 하의를 벗었다.

하연은 자신도 모르게 고개를 돌리며 싸늘하게 말했다.

"취해 발정이라도 났나? 여자가 필요하면 나보다 고운 애들이 밖에 널렸잖아."

배교는 인신매매도 한다. 그렇게 납치한 여인들 중 일부는 노예로 팔지 않고 남겨 두었다가 축제날에 풀었다.

대머리는 하연이 시선을 돌리자 웃음을 터트렸다.

"크크큭, 어려서부터 의술을 익히느라 벌거벗은 모습은 질리도록 봤을 텐데 뭘 부끄러워하지?"

하연이 눈살을 찌푸리며 대꾸했다.

"부끄러운 게 아니라 역겨워서다."

대머리는 양쪽 팔이 묶여 있는 하연에게 다가들었다.

"입에 가시가 돋친 건 천마검과 똑같군. 그런 동질감 때문에 그놈에게 반한 건가?"

그는 하연의 턱을 우악스럽게 잡아채고는 자신을 향하게 했다.

"곧 서방이 될 사람의 얼굴을 외면해서야 쓰나."

"환환이 이러라고 시켰나?"

대머리의 얼굴이 찌푸려졌다. 그 표정을 본 하연이 쏘아붙였다.

"경고하겠어. 당장 물러나지 않으면 난 결코 배교에 협조하지 않을 거야."

대머리의 얼굴이 이루 말할 수 없이 차가워졌다.

"네년은 어차피 협조할 생각이 없잖아."

"글쎄. 세상일은 한 치 앞을 모르는 거지."

"……."

"무식한 네놈은 모르겠지만 원래 이런 교섭엔 밀고 당기기가 있는 거야. 하지만 네놈이 여기서 끝까지 나간다면 나는 환환에게 말해 주겠어. 네놈이 일을 망쳤다고 말이지."

대머리는 그녀의 턱을 뿌리치듯이 놓고는 팔짱을 꼈다. 그는 잠시 생각에 골몰하다가 고개를 저었다.

"나는 네년이 지금 이 자리를 모면하고자 머리를 굴리는 것으로밖에 안 보이는데?"

"멍청한 네 생각일 뿐이지."

짜악!

대머리는 한사녀의 따귀를 때리고 으르렁거렸다.

"한 번만 더 날 보고 무식하다거나 멍청하다고 지껄이면 가만두지 않겠어. 내 일이 얼마나 머리를 쓰는 일인지 네가 알기나 해?"

고문으로 이미 터져 버린 그녀의 입술에서 피가 흘렀다.

"그래, 차라리 때리고 고문을 해. 그게 천한 네놈의 일이니까."

"그래도 이게!"

대머리가 손을 번쩍 치켜들었다가 이를 갈며 내렸다.

"좋아. 내가 네 서방이 되어도 이리 나오는지 보자."

부우욱.

대머리가 한사녀의 옷을 거칠게 찢었다. 한사녀가 옥박질렀다.

"기어이 뒷감당을 하겠다는 거냐?"

"나는 오늘 천마검의 좌절하는 표정을 꼭 봐야겠단 말이지."

"……!"

그녀는 대머리가 왜 이렇게 물불 안 가리는 이유를 깨달았다.

무려 반년이나 천마검을 굴복시키지 못한 그는 짙은 패배감과 광기에 차 있었다. 더구나 술에 취해 이성까지 흐려진 것이다.

그녀의 눈에 습막이 펼쳐졌다. 그러나 이런 인간에게 겁먹은 모습을 보여 주기는 싫었다.

"좋아. 네 마음대로 해!"

한사녀는 눈물이 그렁한 눈으로 코앞에서 역겨운 술 냄새를 풍기는 대머리를 노려보았다.

부욱, 부욱.

대머리는 기어코 한사녀가 입고 있는 옷을 모조리 찢어 버렸다. 그는 두 걸음 물러나 혀로 입술을 훑었다. 그러나 이내 눈살을 찌푸렸다.

드러난 나신의 삼 할 가까이가 화상을 입었다.

"제길, 생각보다 더 징그럽군. 역시 횃불은 꺼야겠어."

한사녀는 모욕감에 부르르 떨었다. 하지만 고개를 돌리지는 않았다. 그녀는 여전히 표독스러운 눈초리로 대머리를 쏘아보았다.

그는 문가에 걸려 있는 횃불을 끄러 가다가 멈췄다.

"갑자기 생각난 건데 너는 왜 죽겠다면서 자진을 하지 않는 거지?"

"……."

"내가 한 고문을 무려 열흘 가까이 버텼어. 천마검을 제외한 어떤 인간도 사흘을 넘기지 못했는데 말이지. 이거 이상하잖아. 죽는다면서 왜 힘들게 버티고 있는 거지?"

그는 횃불을 들고는 돌아서며 계속 말했다.

"왜지? 지금도 그래. 혀를 깨물 수 있다고. 그런데 너는 말로만 저항할 뿐 죽으려는 시도는 어떤 것도 하지 않고 있어."

한사녀는 침묵했다. 그러자 대머리는 궁금해 죽겠다는 얼굴로 말했다.

"만약 네가 솔직하게 답해 준다면 널 덮치지는 않겠다. 약속하지."

한사녀는 입술을 깨물었다. 그녀의 망설이는 표정을 본 대머리가 다시 말했다.

"이 약속은 꼭 지키지. 내가 궁금한 건 못 참는 성격이라서 말이야. 또한 너는 인정하지 않겠지만 나도 최고 기술자로서의 자존심은 있거든. 그 자존심을 걸고 맹세하지."

그제야 한사녀의 입술이 열렸다.

"미안하니까."

"뭐?"

"그 사람은 그렇게 오래 버텼는데……."

대머리가 황당한 표정을 지으며 입을 벌렸다. 한사녀의 눈에 그렁하던 눈물이 뺨을 타고 흘렀다.

"그 사람 죽었다는 얘기를 들으면 그때 그분 뒤를 따라갈 거야. 함께 황천길을 갈 거야."

그녀는 믿고 있었다. 자신이 죽으면 화상 같은 건 없어질 거라고. 그러면 예쁜 모습으로 그의 곁에서 동행할 수 있을 거라고.

"크크큭, 크하하하. 내 평생 들은 얘기 중 가장 웃긴 얘기군. 천마검이 외로울까 봐 함께 있겠다는 거냐? 이거 너무 웃겨서 눈물이 나올 지경이야. 차가운 한사녀가 속내는 소녀였단 말이지?"

"약속은 지켜라."

"너도 꽤 절박했나 보군. 내가 약속을 지켜? 크크큭."

"개자식!"

"평소의 그 도도하고 차갑던 네년의 피가 그렇게 뜨거웠단 말이지? 좋아. 그 뜨거운 몸을 내가 어루만져 주지."

대머리는 횃불을 바닥에 댔다.

치이이익.

불이 꺼지고 석실 안이 어두워졌다. 그와 동시에 폭음이 이는 소리가 들렸다.

대머리는 한사녀에게 가려다가 당황하며 고개를 갸웃거렸다.

묘한 정적이 잠시 흘렀다. 대머리는 자신의 귀를 후비며 중얼거렸다.

"내가 술이 좀 과했나?"

환청이라고 생각한 그가 한사녀에게 다가갔다. 그리고 그가 손을 들어 한사녀의 **뺨**을 만지려는 순간 석실 밖에서 비명 소리가 일었다.

"으아아아악!"

"끄아아악!"

대머리는 화들짝 놀라 급히 석문으로 뛰었다. 그는 문을 열고 나가려다가 고개를 젓고는 반대로 문고리를 잠갔다.

"뭐지? 누가 침입이라도 했나?"

그는 스스로에게 물었지만 이내 고개를 저었다. 대체누가 이곳에 침입할 수 있단 말인가?

비명이 잦아들고 다시 정적이 찾아왔다. 대머리는 이 고요함이 더 불안했다. 술기운은 이미 날아갔다.

온갖 경우의 수를 궁리해 봐도 답이 나오지 않았다.

그는 왼쪽 벽에 비치된 고문기구 중 날이 시퍼렇게 선 비수를 들고 다시 석문 옆에 붙었다. 밖에서 차가운 음성이 흘러들었다.

"열어라."

"……!"

대머리는 온몸의 피가 차갑게 식는 듯했다. 이건 분명 천마검의 목소리였다.

한사녀도 눈을 치켜뜨고 석문을 보았다. 대머리가 머리를 흔들며 중얼거렸다.

"대체 뭐가 어떻게 된 거지?"

누가 천마검을 풀어 줬단 말인가? 아니다. 열쇠는 환환 부교주께서 가지고 계시다.

천마검의 음성이 다시 들렸다.

"열지 않으면 내가 들어가지."

대머리는 지독하게 차가운 목소리에 진저리를 치면서 뒤로 주춤 물러났다.

"지, 진짜 천마검이냐?"

대답은 없었다. 대신 두꺼운 석문이 박살났다.

콰아아아앙.

설마하니 두꺼운 문이 종잇장처럼 찢어지며 부서질 거라고는 예상 못한 대머리가 놀라 주저앉았다.

파파팍!

몇 개의 파편이 그의 허벅지와 종아리 그리고 어깨에 박혔다.

"크으윽."

석실 밖 횃불을 등진 사내가 석실 안으로 들어섰다. 대머리는 자신의 눈에 들어온 천마검을 보며 머릿속이 하얗게 탈색됐다.

"어, 어떻게 네가?"

백운회는 덜덜 떨며 자신을 올려보는 대머리에게 말했다.

"눈 깔아라."

말이 떨어지기 무섭게 대머리의 고개가 밑으로 떨어졌다. 백운회는 앞으로 발을 내디뎠다. 그리고 그의 발이 대머리의 발목을 밟았다.

콰직.

"끄아아아악!"

대머리가 고개를 젖히며 비명을 질렀다. 백운회가 말했다.

"입 다물어라."

석실이 떠나가도록 비명을 지르던 대머리가 입술을 깨물었다. 그러나 발목뼈가 부러진 고통은 참고 싶다고 참아지는 것이 아니었다.

"끄으으으."

신음이 잇새로 흘렀다.

백운회는 아직 성한 다른 발을 밟았다.

콰직.

"으아아아악!"

대머리는 결국 다시 목청이 찢어져라 비명을 질러 댔다.

퍼억!

백운회의 발이 대머리의 배를 강타했다. 그러자 대머리가 허공으로 붕 뜨더니 좌측 벽으로 날아갔다.

"커흑."

그는 벽에 부딪친 후 아래로 떨어져 부들부들 떨었다.

백운회는 그를 흘낏 보고는 앞을 주시했다. 믿기지 않는다는 눈으로 자신을 보고 있는 하연. 백운회가 다가가 물었다.

"괜찮소?"

마침내 그녀의 입술이 열렸다.

"이, 이건 꿈인가요?"

백운회는 대꾸 없이 하연의 손목에 묶여 있는 쇠사슬을 보고는 손을 올렸다.

한사녀가 다시 물었다.

"어떻게 나오신 거죠?"

"이렇게."

그는 쇠사슬에 힘을 주었다. 그러자 쨍강 소리를 내며 쇠사슬이 끊겨 나갔다.

"……!"

한사녀의 입이 쩍 벌어졌다.

고통에 신음하던 대머리도 이 광경에 눈을 화등잔만 하게 떴다.

쩡, 쩡. 쨍강.

쇠사슬이 잇따라 끊기고 바닥에 떨어졌다. 하연은 불신의 눈빛으로 제 손목과 떨어진 쇠사슬을 보다가 화들짝 놀랐다. 그제야 자신이 벌거숭이인 것을 깨달은 것이다.

그녀는 급히 쪼그려 앉으며 널브러져 있던 옷가지로 몸을 가렸다. 하지만 찢어진 그 옷은 그녀의 나신을 절반도 가리지 못했다.

백운회가 피식 웃고는 말했다.

"부끄러워할 필요 없소."

하연은 부끄러운 것이 아니었다. 자신의 흉측한 모습을 보이기 싫은 것이다.

"이러고 있을 시간이 없어요. 곧 배교도들이……."

그녀의 말이 끝나기도 전에 밖에서 사람들의 목소리가 들렸다.

"이게 뭔 일이야?"

"바로 옥주(獄主)님께 보고해!"

"뭐라고 보고하란 말이야?"

지하로 내려와 복도에 널브러진 시신들을 본 배교도들이 우왕좌왕했다.

대머리가 빽 소리를 질렀다.

"여기요! 여기!"

하연은 방금 본 천마검의 괴력을 상기하고는 말했다.

"빠져나갈 수 있죠?"

"물론."

"가세요. 다행히 교주를 비롯한 주력은 축제 때문에 열흘 전 총타로 갔어요. 그리고 남은 이들도 축제를 즐기느라 대부분 정신이 없으니 당신이라면 탈출할 수 있을 거예요. 서두르세요."

"그대는?"

"체력이 안 돼요. 빨리 가세요. 주력이 나갔다고는 하지만 아직 상당한 인원이 남아 있어요. 철강시도 적지 않게 있을 테고요. 서두르지 않으면 낭패를 당할 거예요."

대머리가 계속 도와달라고 소리를 빽빽 질러 댔다. 그러나 상황이 심상치 않은 것을 짐작한 배교도들은 복도를 조심스럽게 전진했다.

백운회는 대머리를 향해 걸었다. 그러자 대머리가 덜덜 떨면서 외쳤다.

"빨리 도와주시오! 빨리! 젠장, 빨리 오라고!"

그는 천마검이 다가오지 못하게 아직까지 들고 있는 비수를 홱홱 휘둘렀다. 그러나 비수를 든 그의 손은 백운회의 발에 허망하게 짓밟혔다.

콰지직.

"끄아아아악!"

비명이 다시 쩌렁쩌렁 울렸다. 백운회는 아직 멀쩡한 대머리의 다른 손마저 밟았다.

대머리는 이제 비명도 지르지 못하고 꺽꺽 소리만 흘렸다.

마음 급한 한사녀가 발을 동동 구르며 말했다.

"어서 움직이세요!"

그러나 백운회는 천천히 문을 향해 움직였다. 그가 문가까지 다가간 순간 한 배교도가 칼을 앞세워 뛰어들었다.

"누구냐?"

기습을 하는 배교도의 눈이 태어나 가장 커졌다.

생각도 못한 천마검이 아닌가?

백운회는 고개를 살짝 비틀어 칼끝을 피하고는 주먹을 날렸다.

콰직!

배교도의 얼굴이 함몰되며 뒤로 날아갔다. 그 배교도의 뒤를 따라 들어가려던 동료들이 기겁을 하며 뒤로 물러났다.

하연이 문밖으로 나가려는 백운회의 등을 보며 말했다.

"안녕히…… 가세요."

하고 싶은 말이 무수히 많았다. 그러나 그녀는 그 말들을 가슴에 담았다. 지금 그를 붙잡을 시간이 없기에.

백운회가 고개를 돌려 하연을 보았다.

"오래 걸리지 않을 거요."

"……?"

"그때까지 대머리에게 분풀이를 하고 있으시오."

"……!"

하연은 놀라 침을 삼켰다. 지금 천마검은 탈출하려는 것이 아니었다. 밖을 정리하고 돌아오겠다는 말을 하고 있는 것이다.

"말도 안 돼요."

"나는 천마검 백운회요."

"……."

"내 몫까지 부탁하겠소."

사지를 쓸 수 없게 된 대머리가 한사녀를 보며 부르르 떨었다.

3

둥둥둥, 둥둥둥.

세 명의 고수(鼓手)가 나란히 서서 신나게 북을 두드렸다.

깊은 산 속에 인공적으로 만들어진 넓은 분지에는 수없이 많은 화톳불이 어둠을 쫓으며 넘실거렸다.

"하하하. 부어라, 마셔라!"

가슴에 털이 수북한 배교도가 고함을 질렀다. 그의 옆으로 전라에 가까운 여인들이 흐느적거렸다.

미약에 취한 그녀들은 교태를 부리며 사내의 품에 파고들었다. 이미 미약에 취하기도 했지만, 지난 몇 달간 잡혀 있으면서 주술로 인해 정신이 파괴된 여인들이었다.

널찍한 분지.

일백여 배교도들은 술을 마시며 노래를 하고 춤을 췄다. 서른 명 여인들의 몸짓도 절정을 향해 치달았다.

술을 마시는 자, 춤을 추는 자, 그리고 곁에 동료들이 있는 데도 거리낌 없이 사랑을 나누는 이들까지.

어둔 밤에 환락의 노래가 흘러넘쳤다.

쾌락을 즐기는 배교도들 뒤로 삼십여 구의 철강시들이 망부석처럼 서 있었다.

둥둥둥, 둥둥둥.

북소리가 점점 고조됐다.

동이 트고 축제가 끝나려면 아직 많은 시간이 남았다.

그 광란이 펼쳐지고 있는 분지의 오른쪽 가장자리 위.

지하석실로 들어가는 입구에 서 있는 초로인의 표정이 일그러져 있었다. 그는 배교의 장로 중 한 명인 음사귀(陰邪鬼)였다.

"조금 전 들어간 녀석들은 왜 빨리 나와 보고를 하지 않는 거냐?"

음사귀의 얼굴은 짜증으로 가득했다. 한창 축제를 즐기고 있는 와중에 지하뇌옥을 지키던 옥주(獄主)가 밑에 무슨 소동이 있는 것 같아 수하 몇 명을 보냈다고 전해 온 것이다.

귀찮았지만 확인을 하지 않을 수 없어서 왔건만 이미 일각 전에 들어갔다던 수하들은 아직도 깜깜 무소식이었다.

옥주가 음사귀의 눈치를 살피며 말했다.

"제가 직접 다녀오겠습니다."

"대체 수하 관리를 어떻게 하는 거야? 적어도 한 명은 무슨 일인지 바로 보고하는 게 기본이잖아."

"죄송합니다."

"처음부터 자네가 갔으면 좋았잖아. 놀고 싶어서 일을 수하에게만 떠넘기지 말라고."

옥주는 속으로 구시렁거렸다.

일 년에 딱 한 번 거방지게 노는 날이다. 자신이 아니라 그 누구라도 흥겹게 놀다가 별것도 아닐 것이 빤한 일에 자리를 비우는 건 내키지 않을 터. 그래서 지금 음사귀도 더 짜증을 부리고 있는 것 아닌가!

옥주는 괜히 장로에게 보고했다고 생각했다. 그러나 사소한 것도 보고를 하는 것이 배교의 문화였다. 아주 작은 실수로 배교의 존재가 외부에 드러날 수도 있으니 점검하고 또 점검하는 것이 모두의 몸에 배어 있었다.

옥주는 귓가에 울리는 북소리를 들으며 철문을 열었다.

끼이이잉.

녹슨 경첩이 불쾌한 쇳소리를 냈다. 그는 안으로 들어가 바닥을 보았다.

시커먼 동공.

지하뇌옥으로 들어가는, 약 오 장여 깊이의 구멍이었다.

옥주는 허리를 굽혀 밑으로 내려가는 사다리에 발을 놓으려다가 뗐다. 아래에서 수하가 올라오고 있었던 것이다.

옥주는 장로에게 당한 분풀이로 역정을 냈다.

"대체 뭐하다가 이제 오는 것이냐?"

카랑카랑한 어조로 말하던 옥주가 눈을 치켜떴다. 사다리를 밟으며 올라오는 것치고는 너무나 빨랐다. 그의 물음이 끝나기도 전에 동공에서 사내가 밖으로 떠올랐다.

그렇다.

그는 떠오른 것이었다. 대체 어떻게 그럴 수 있는지는 모르겠지만 허공을 밟으며 올라온 것이다.

하지만 옥주는 그것보다 드러난 사내의 얼굴에 더 놀랐다. 배교의 복장을 하고 있었지만 얼굴은…….

"너, 너는?"

어두웠지만 분명 드러난 얼굴은 천마검이었다. 그가 어떻게?

슈각.

한줄기 은빛 선이 허공을 갈랐다. 그리고 옥주의 목이 몸에서 떨어져 나갔다. 그의 머리는 땅을 구르다가 동공 밑으로 추락했다.

백운회는 벌거벗고 있었던 터라 체격이 비슷한 배교도의 옷을 입은 것이다. 그는 약간 열린 철문을 열었다.

끼이이잉.

또다시 경첩이 소음을 냈다.

백운회는 아주 오랜만에 느끼는 상쾌한 공기에 힘껏 숨을 들이마셨다.

북소리와 함성이 고막을 파고들었다.

뒷짐을 진 채 광란의 축제를 내려다보던 음사귀가 물었다.

"무슨 일이라더냐?"

그의 어깨에 손이 올라왔다. 음사귀는 순간 어이가 없

어서 실소를 뱉었다. 감히 옥주 따위가 건방지게!

그가 격노하며 고개를 돌리는 순간, 어깨에 있던 손이 미끄러지듯이 목을 지나 뒤통수로 올라갔다. 그리고 그 손이 그의 머리를 앞으로 쑥 하니 당겼다.

콰직.

음사귀의 얼굴에 백운회의 무릎이 작렬했다.

"커흑."

그의 코가 뭉개졌다. 하지만 끝이 아니었다.

백운회는 세 번을 더 무릎으로 그의 얼굴을 피떡으로 만들고는 머리를 놓았다. 비틀거리던 음사귀는 그제야 자신에게 무차별 폭력을 가한 자가 누구인지 보았다.

놀란 그가 고함을 지르려는 순간 그의 입안으로 백운회의 주먹이 쇄도했다.

콰직!

그의 이가 우수수 튀어 나갔고 일부는 입안에서 맴돌았다. 그리고 칼을 든 주먹이 그의 단전이 있는 아랫배를 강타했다. 단숨에 단전이 파괴된 음사귀는 축 늘어져 신음만 흘렸다.

"끄으으윽."

"하나만 묻겠다. 손으로 가리키도록."

백운회는 이곳의 소동을 모르는 분지의 배교도들을 내려다보다가 그 뒤로 멀리 떨어져 있는 두 개의 전각을 보며 말했다.

"환환은 어디에 있지?"

"으으으으."

백운회는 다시 고개를 돌려 음사귀의 눈을 보았다. 그의 눈은 그것을 말해 줄 것 같으냐고 저항하고 있었다.

백운회는 그 눈을 보며 빙그레 웃었다.

"하긴 상관없겠지."

"……."

"어차피 하나도 살려 둘 생각은 없으니까."

백운회는 음사귀의 입에 박힌 주먹을 뺐다. 그러자 음사귀의 몸이 바닥으로 무너져 내렸다.

서걱.

음사귀의 머리가 베어졌다. 백운회는 베어진 머리를 쥐고는 분지를 향해 던졌다.

쇄애애액.

낮은 파공성을 일으키며 날아간 수급은 북을 치고 있던 삼 인 중 가운데 사람의 얼굴을 강타했다.

퍼억!

"끄어어억!"

마른하늘에 날벼락을 맞은 그가 비명을 지르며 뒤로 나가떨어졌다. 그리고 북소리가 멈췄다.

가슴에 털이 수북한 장한이 인상을 긁으며 외쳤다.

"뭐냐? 왜 멈추는 거야?"

그는 고수(鼓手)들에게 고함을 치다가 눈살을 찌푸렸다. 셋 중에 하나가 사라졌다. 그리고 남은 둘은 나동그라진 동료를 보다가 고개를 들어 허공을 보았다.

아직까지 이어지던 웃음과 노래 소리들이 잦아들었다. 춤추던 사내들이 동작을 멈췄다.

그들은 모두 두 고수의 시선을 좇아 허공을 보았다.

"……!"

한 사내가 허공을 걷고 있었다. 그는 그렇게 분지의 한 가운데 허공까지 걸어와 멈추고는 밑을 내려다보며 말했다.

"피가 튀는 진짜 축제를 시작해 보자고."

사내들은 여인을 팽개치고 던져 두었던 도검을 찾아 두리번거렸다.

주술사들은 급히 주문을 외우며 철강시를 움직였다. 여인들은 신기한 눈으로 허공에 떠 있는 천마검을 올려다보았다.

백운회는 천천히 하강했다. 그가 땅으로 착지하자 배교도들이 몰려들었다. 철강시들도 움직이기 시작했다.

그리고 백운회의 칼이 춤을 추었다.

하연은 지하뇌옥에서 사다리를 타고 올라왔다. 위로 올

라온 그녀의 눈에 들어온 것은 머리 없는 시신이었다.

지하뇌옥을 관리하는 옥주.

이미 아래에서 그의 잘려진 머리를 봤던 하연은 담담한 기색이었다. 그녀의 귀로 아스라이 비명 소리가 들렸다.

침을 삼킨 그녀는 열려 있는 철문 밖으로 나왔다. 다시 머리 없는 시신이 보였다.

"음사귀 장로……."

하연은 입은 옷과 붉은 오른손으로 정체를 알 수 있었다. 그녀는 앞으로 발을 내디뎠다.

그리고 마침내 그녀는 분지를 내려다보았다.

천마검 백운회, 그가 검무를 췄다.

그의 검에서 검붉은 기운이 폭풍처럼 쏟아져 나와 허공을 그리고 대지를 할퀴었다.

그 검격 안에 있는 배교도들의 육신이 쩍쩍 갈라졌다. 머리가, 팔이, 몸통이 베어지며 피분수가 곳곳에서 일었다. 어찌나 그의 검이 빠른지 거의 동시에 몇 군데에서 피분수가 일기도 했다.

금강불괴에 가까운, 단단한 몸통을 자랑하는 철강시도 사람과 별 차이가 없었다. 천마검의 칼이 지나가면 마치 종이처럼 찢어지고 갈라졌다.

검붉은 검강(劍罡)이 맺힌 그의 검과 닿는 모든 것들이 파괴되었다.

천마검.

그는 결코 인간의 힘이라 볼 수 없는, 지옥에서 올라온 사신(死神)의 모습을 보여 주고 있었다.

하연의 입술이 떨리며 열렸다. 안타까운 어조의 목소리가 흘러나왔다.

"쇠사슬을 끊을 때 설마 했는데…… 죽음의 기운을 안았군요. 사람에게는 허락되지 않은 금지된 힘을 얻었어요."

그녀의 눈에 그리고 얼굴에 짙은 아픔과 슬픔이 깃들었다.

"저 때문이었나요? 당신이라면 무모하더라도 분명 조절할 수 있었을 텐데. 분명 당신이라면…… 그랬을 텐데."

눈가에 고이는 눈물. 그녀는 주먹을 쥔 채 부르르 떨다가 이를 악물었다.

그리고 미소를 머금었다. 그녀의 눈에서 기광이 일었다.

"괜찮아요. 당신은 괜찮을 거예요. 나는 화선부주니까요."

하연은 고개를 들어 하늘을 우러렀다. 그리고 그 하늘을 노려보며 고개를 저었다.

"미안하지만 저 사람은 못 데려갑니다."

　　　　　　*　　　　　　*　　　　　*

　침실은 후끈 달아올라 있었다.

　며칠 뒤 다시 천마검에게 역천배환대법을 주도해야 하는 환환은 배교 총타에서 벌어질 축제에 참가할 수 없었다. 그렇기에 이곳에 남아 소규모의 축제에 만족해야 하는 그는 그 분풀이를 미약에 취한 두 명의 미녀에게 해 대고 있었다.

　두 여인은 연신 비명과 신음을 질러 댔다. 환환은 그녀들을 가학적으로 괴롭히다가 눈살을 찌푸렸다.

　언제부턴가 창가를 넘어오던 희미한 북소리가 들리지 않는다는 것을 깨달았다.

　물론 이곳과 분지와의 거리는 칠십여 장에 가깝다.

　북 치는 고수들이 힘이 빠져 조금 약하게 두드리고 있을 수도 있었다. 그런데 이상하게 전혀 들리지 않는 북소리가 자꾸만 거슬렸다.

　결국 환환은 침상에서 벌떡 일어났다. 그가 동작을 멈추고 일어나자 두 여인이 그에게 달라붙었다.

　"비켜라!"

　그는 두 여인의 머리칼을 잡아 바닥에 팽개쳤다. 짧은 비명이 일었다. 그런데도 약에 취한 그녀들은 다시 환환에게 기어가며 접근했다. 그러자 이미 흥이 깨진 환환은 짜증스러운 얼굴로 먼저 다가온 여인의 머리를 잡고 돌렸다.

투툭.

목뼈가 부러진 여인이 비명도 지르지 못하고 즉사했다. 그 모습을 본 남아 있던 여인이 눈을 치켜뜨며 도망치듯 뒤로 물러났다.

아무리 미약에 취했어도 죽는다는 본능이 더 우선이었던 것이다.

환환은 내실 구석으로 도망친 그녀를 보다가 피식 웃고는 다가갔다.

"함께 즐겼으면 끝까지 함께해야지."

"살려 주세……."

투툭.

그녀 역시 목이 뒤틀려 바닥에 엎어졌다.

환환은 벌거벗은 상태로 창가로 다가가 밖을 보았다.

"……!"

그는 자신의 눈을 의심하며 내공을 끌어 올렸다. 공력을 이용해 시각과 청각을 높인 환환은 부지불식간에 신음을 흘렸다.

분지에서 축제를 즐기던 이들이 대부분 쓰러져 있었다.

"이것들이 지금 미쳤나?"

이건 누가 봐도 집단 난투를 벌인 것으로밖에 생각할 수 없었다. 대체 왜 이런 일이 벌어졌는지에 대한 이유는 나중이었다.

그는 밖으로 나가기 위해 급히 옷을 입으려다가 멈췄다. 방금 보았던 광경이 거슬렸다.

단순한 싸움이라기엔 쓰러져 있는 인원이 너무 많았다. 그리고 왠지 모르게 쓰러져 있는 수하들의 몸이 비정상적으로 보였다.

그는 다시 창가로 움직였다.

한 달 중 가장 어두컴컴한 그믐밤이다.

더구나 그 작은 달도 구름에 가려 있었고, 분지를 대낮처럼 밝히던 화톳불의 상당수는 꺼져 있었다. 그렇기에 칠십 장 떨어진 곳을 세밀히 본다는 건 아무리 고수라도 지극히 어려운 일이었다.

그래도 환환은 내공을 있는 대로 끌어 올리며 천천히 관찰했다. 그리고 결국 적지 않은 이들의 몸이 토막 나고 찢겨져 있음을 간파했다.

지금 저곳에서는 서로 죽고 죽이는 싸움이 벌어진 것이다.

대체 왜?

모두가 미쳐 버리기라도 한 걸까?

혹시 자신과 함께 남은 대주술사가 미쳐서 철강시를 이

용해 수하들을 도륙한 건가?

환환은 경악하면서도 끈질기게 분지를 살폈다.

싸움은 어느새 끝나 가고 있었다. 몇몇의 사내들이 어울려…….

"헉!"

마침 그 싸움이 일어나는 곳 바로 옆에 하나의 화톳불이 활활 타오르고 있었다. 그리고 환환은 보았다.

단 한 명의 사내가 자신을 포위한 예닐곱 명을 단숨에 쓰러트리는 것을.

"대체 저놈이 누구기에 저런 실력을……."

홀로 남은 그가 갑자기 고개를 돌려 이곳을 보았다. 그 눈에서 흘러나오는 붉은 안광이 생생하게 보였다.

붉은 눈빛?

철강시다. 그렇다는 건 정말 대주술사가 반역이라도 일으켰단 말인가?

놀람과 충격이 환환의 머릿속을 복잡하게 만들었다. 그리고 여전히 이쪽을 향하고 있는 저 사내가 거슬렸다.

"서, 설마 나를 보고 있는 건가?"

환환은 정체불명의 사내를 보며 피식 웃었다.

그럴 리가 없지 않은가? 그 순간 그의 귀로 하나의 목소리가 파고들었다. 그건 전음이었다. 칠십여 장을 넘어서 당도한!

[지금 가겠다. 환환.]

"……!"

천마검이다!

하지만 어떻게?

환환은 자신도 모르게 창가에서 물러났다. 그리고 부르르 떨다가 침상 옆의 탁자로 달려갔다.

그는 급히 서랍을 열었다.

"아……."

절로 안도의 한숨이 흘러나왔다. 열쇠는 그곳에 있었다.

"내가 잘못 들은 거군. 그래, 그런 거야. 말도 안 되는 일이지. 철강시가 전음을 할 리도 없거니와 칠십 장을 격하는 전음이라니. 크크큭."

그는 자신이 그 짧은 시간에 식은땀으로 푹 젖어 있음을 깨달았다.

지난 반년간 보아 온 천마검.

그는 호랑이였다. 정말로 몸서리 처질 만큼 무시무시한 놈이었다. 그러나 천만다행으로 우리에 갇힌 호랑이였다.

그가 우리에서 나올 수도 있다는 생각을 예전에 한 번 했다가 며칠간 악몽을 꿨을 정도였다.

그는 열쇠를 들고는 소매로 이마의 땀을 훔쳤다. 그리고 다시 창가로 이동했다.

분지에 제법 많은 이들이 모여 있었다. 그들은 여인들이었다. 놀라 웅크리고 있다가 싸움이 끝나자 모이는 것이리라.

환환은 그녀들 중에 있을 철강시를 찾으려고 눈을 번뜩였다. 하지만 최대한 공력을 끌어 올려 살피는데도 보이지 않았다.

그때 등 뒤에서 문 열리는 소리가 들렸다.

환환은 눈살을 찌푸리다가 고개를 주억거렸다. 이제야 분지에서 일어난 사태에 대해 보고하러 온 것이리라.

돌아서는 그의 귀로 설마 했던 사람의 목소리가 파고들었다.

"예의가 없군."

"……!"

"옷 입을 시간은 충분히 줬다고 생각했는데."

환환은 그 자리에서 얼음이 되었다.

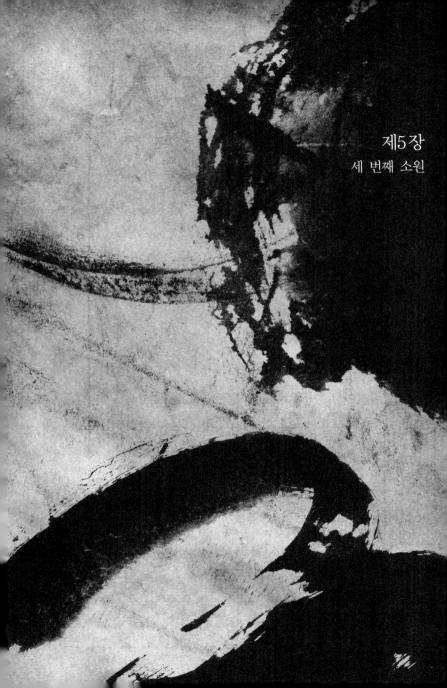

제5장
세 번째 소원

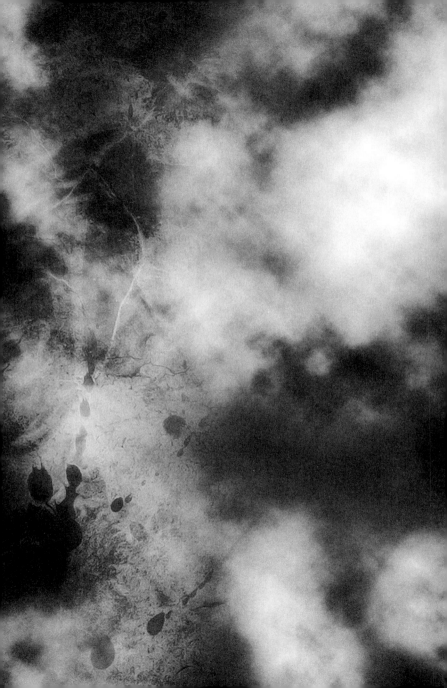

1

환환의 머릿속에서 수많은 질문이 폭발했다. 그중에 가장 큰 의문은 천마검을 본 사람들마다 이구동성으로 했던 질문이었다.

"어떻게?"

백운회는 대꾸하지 않았다. 그는 환환에게서 시선을 떼고 넓고 화려한 내실을 천천히 둘러보았다.

목이 뒤틀려 죽은 두 명의 여인을 본 백운회는 안으로 들어오며 말했다.

"너다운 짓이군."

담담한 음성이다. 그러나 환환은 그 목소리에 담겨 있

는 깊은 분노를 느끼며 침을 꿀꺽 삼켰다.

정말로 호랑이가 우리에서 나온 것이다.

하지만 환환은 배교의 부교주였다. 이 상황에서 지나치게 긴장하면 이로울 게 없다는 것을 잘 인식하고 있었다.

차분한 심호흡을 통해 빠르게 신색을 회복한 그는 입꼬리를 비틀며 물었다.

"누가 널 풀어 준 거지?"

환환은 내부에 배신자가 있다고 확신했다. 누군가가 자신 모르게 열쇠를 복사한 것이리라.

환환의 머리가 핑핑 돌았다. 지금은 천마검을 풀어 준 배신자가 누구인지와 그 배신자가 왜 그런 행동을 했는지보다 더 중요한 것이 있었다.

자신과 대치하고 있는 천마검의 상태다.

천마검은 반년 넘게 고문을 받았다. 그리고 분지에 있는 많은 수하들을 죽이고 이곳까지 왔다.

환환은 천마검의 체력이나 내공이 상당히 소진됐으리라 확신했다. 그렇다면 아무리 천마검이라도 승산이 있었다.

백운회는 내실의 가운데에 위치한 원탁에 멈춰서는 의자를 꺼내 앉았다. 그리고 들고 있는 검을 빙글빙글 돌리다가 왼발 옆의 바닥에 꽂았다.

파직.

"끄윽."

신음성이 바닥 아래에서 들리더니 이내 잠잠해졌다. 백운회는 피식 웃으며 입을 열었다.

"호위의 은신술이 형편없군."

회복됐던 환환의 얼굴이 다시 굳어 갔다. 그러나 억지로 미소를 지으며 대꾸했다.

"눈치가 빠르군. 아니면 기에 민감한 편인가?"

"아니, 네 호위의 실력이 덜떨어졌을 뿐이야."

백운회는 원탁 위에 있는 술과 음식을 가볍게 훑으며 말을 이었다.

"진수성찬이군. 이 아까운 것들을 손도 대지 않다니."

그는 빈 잔에 술을 채우고는 술을 천천히 마셨다.

그 순간 천장이 붕괴되며 두 인영이 밑으로 쇄도했다.

하나는 검, 다른 하나는 도.

완벽한 기습이었고 완전한 합격이었다. 검은 백운회의 얼굴을 노렸고 도는 뒤에서 등허리로 쇄도했다.

환환 역시 놀고 있지 않았다. 그는 천장이 붕괴되는 순간 천마검의 가슴을 향해 쥐고 있던 열쇠를 던졌다.

세 곳에서의 기습.

환환은 이것으로 천마검의 목숨은 끝이라고 확신했다. 그런 생각이 들자 아쉬움도 생겼다. 그렇게 특강시로 만들려고 노력했는데 결국 물거품이 되어 버린 셈이니까.

하지만 눈앞에 펼쳐지는 광경에 환환의 눈이 화등잔만

해졌다.

백운회는 손을 비틀며 술잔을 앞으로 기울였다.

쨍그랑.

환환이 던진 열쇠가 술잔 속으로 사라졌다. 그리고 백운회가 살짝 손목을 흔들자 열쇠가 술잔 속에서 허공으로 튕겨 나갔다.

"컥!"

검으로 기습하던 사내가 단말마를 터트렸다. 그의 이마 한가운데에 열쇠가 깊게 박힌 것이다.

동시에 백운회의 뒤에서도 비명이 터졌다.

"으아아악!"

백운회의 등허리를 노리던 배교도는 뒤로 나가떨어져서는 고개를 내려 가슴을 보았다.

상의가 길게 갈라지며 드러난 피부에 긴 혈선이 생겼다. 믿기지 않지만 천마검은 그 짧은 순간에 앞을 방비하면서도 왼손으로 검을 뒤돌려 친 것이다.

배교도는 가슴을 움켜쥐며 일어나려고 했다. 하지만 그럴 수가 없었다. 가슴에 생긴 혈선을 중심으로 몸이 두 동강 나 버렸기에.

백운회는 술잔을 내려놓고는 젓가락으로 소고기를 집어먹었다. 그것을 시작으로 몇 개의 음식을 음미하다가 말했다.

"정말 오랜만에 제대로 된 식사를 하는군. 내가 식사를 마칠 때까지 움직이지 말도록."

환환은 방금 전 기습의 실패로 천마검의 체력과 공력에 대한 판단이 틀렸음을 깨달았다.

왜냐하면 방금 죽은 두 사내는 배교의 칠대자객 중 일호와 이호였다. 암살에 관한한 배교 최고의 실력자들 두 명이 어처구니없을 정도로 허망하게 당한 것이다.

더구나 자신까지 합세했는데도 말이다.

억지로 누르고 있던 두려움이 환환의 뇌리를 파고들기 시작했다. 한 번도 생각해 본 적 없는, 자신이 죽을 수도 있다는 공포.

천마검은 천천히 술과 음식을 즐겼다. 그것을 벌거벗은 채 지켜보는 환환은 죽을 맛이었다.

환환의 눈이 침상의 머리맡 벽에 있는, 자신의 검이 놓여 있는 검좌대를 향했다.

그곳까지 열 걸음.

가려고 하면 순식간에 갈 수 있었다. 아니, 가야만 했다. 천마검을 상대로 적수공권으로 싸울 수는 없으니까.

그런데 그는 가지 못했다.

천마검이 움직이지 말라고 한 말이 뇌리에 각인되어 버린 것이다.

이마에서 식은땀이 솟아났다. 자신도 모르게 호흡이 가

빠지고 몸이 무거워졌다. 땀이 끊임없이 솟아나 뺨을 타고 흐르다가 바닥으로 떨어졌다.

'이건 놈이 나에게 하는 고문이야. 이대로 놈이 말한 대로, 병신 같이 식사를 마칠 때까지 기다릴 수는 없어!'

그는 속으로 다짐하며 왼발의 방향을 살짝 틀었다. 그 순간 백운회의 손에 있던 젓가락 하나가 허공을 날아 짓쳐 들었다.

그건 벼락이었다!

"으아아아악!"

환환이 비명을 지르다가 이를 악물며 신음을 삼켰다. 자신의 발등에 젓가락이 꽂혀 있었다.

백운회는 자리에서 일어나 환환에게 다가들며 물었다.

"내가 한 말을 잊었나?"

"천마검. 거, 거래하자."

"거래?"

"천랑대의 정보를 알려 줄 수……."

환환은 자신의 얼굴에 날아드는 천마검의 주먹을 보았다. 당연히 허리를 젖혀 피하려고 했다. 그러나 그 주먹은 자신의 생각보다 수십, 아니 수백 배 더 빨랐다.

마치 어깨가 움직이는 순간에 주먹이 이미 코앞에 당도한 듯싶었다.

콰직!

코뼈가 으깨졌다.

"커흑."

환환의 신형이 뒤로 자빠지려다가 왼발에서 이는 고통에 자지러졌다.

"으아아악!"

젓가락에 관통당한 왼발이 찢어지는 듯했다. 그는 급히 발을 들어 젓가락에서 빠져나오려고 했다. 그러나 천마검의 발이 젓가락 끝을 누르며 고개를 저었다.

"움직이지 말라고 했을 텐데."

"이 개자식!"

환환의 주먹이 폭사했다. 이미 내공을 잔뜩 끌어 올린 상태.

쇄애애액.

백운회는 다가오는 주먹을 향해 자신의 손을 펼쳤다.

퍼억.

환환의 주먹이 백운회의 손바닥을 쳤다. 그러나 백운회는 담담한 표정으로 상대의 주먹을 감싸 쥐고는 획 비틀었다.

투툭.

환환의 손목이 부러졌다. 그는 자신도 모르게 울음소리를 냈다.

"으허허엉."

백운회는 부러뜨린 손목을 놓고 그 팔의 어깨를 잡았다.

투투툭.

"끄으으윽."

환환의 어깨가 빠져 버렸다. 백운회는 들고 있던 젓가락 하나를 밑으로 던졌다.

푸욱.

오른발에도 젓가락이 꽂혀 들었다.

그리고 백운회는 돌아서 다시 원탁으로 가 앉았다. 빈 잔에 술을 채운 그는 고통으로 헐떡거리는 환환을 보며 물었다.

"설마 이 정도에 아프다는 말을 하려는 건 아니겠지? 네가 나에게 한 짓들을 생각하라고."

"끄으으윽. 네놈을……."

순간 술잔이 날았다.

파직!

환환의 이마가 찢어지며 몸이 뒤로 휘청거렸다. 그러자 두 발에서 전해지는 섬뜩한 통증.

"끄어어억."

환환은 차라리 주저앉으려고 했다. 그 순간 백운회가 입을 열었다.

"똑바로 서라."

환환의 등허리가 곧추섰다. 그의 턱이 덜덜 떨리며 윗니와 아랫니가 딱딱 부딪치는 소리를 냈다.

백운회가 말했다.

"거래라고 했나? 그건 자격이 동등한 사람들끼리 하는 거다. 네놈과 내가 동격이라고 생각하는 건 아니겠지?"

"……."

"천랑대에 대해 아는 대로 읊어 봐라."

"머, 먼저 나를 풀어 주겠다는 약속을……."

술병이 날았다.

콰직!

다시 뒤로 휘청거린 그는 눈물을 흘리며 비명을 질렀다. 어느새 발등의 구멍은 젓가락의 굵기보다 훨씬 넓어져 있었고 피가 계속 흘러나왔다.

환환은 숨을 헐떡이다가 세 걸음만 뒤로 뛰면 창밖이라는 사실을 간파했다.

생각보다 몸이 먼저 움직였다. 당장의 이 지옥에서 벗어나고자 하는 본능이었다.

그의 상체가 뒤로 넘어가면서 아직 멀쩡한 손이 바닥을 짚었다. 그리고 그의 발이 위로 솟구쳤다가 뒤를 향해 날았다.

그가 단숨에 창밖으로 빠져나가려는 순간, 어느새 백운회가 창가로 다가와 손을 뻗었다.

머리카락이 잡혔다. 백운회는 잡은 머리카락을 들어서
는 한쪽 벽으로 내던졌다.

"끄아아악."

머리카락이 뭉텅 빠지며 환환의 머리에서 피가 솟구쳤
다.

콰앙.

허공을 날아간 환환은 벽에 충돌했다가 침상가에 떨어
졌다. 그런데 때마침 벽이 흔들리면서 검좌대에 있던 검
이 침상 위로 떨어졌다.

순간 환환은 고통을 잊었다.

그는 침상의 검을 들었다.

지이이이잉.

환환의 검에 내공이 주입되면서 검명(劍鳴)이 흘러나왔
다. 환환은 가진 바 내력을 모조리 끌어 올렸다.

그는 이번 일합에 모든 것이 결정되리란 것을 알았다.

상대는 천마검이다.

이런 놈을 상대로 힘을 배분하거나 다음을 기약하는 것
은 어불성설이다.

"천마검! 죽여 버리겠다!"

쏴아아아아!

거대한 강류가 먼저 천마검을 덮쳤다.

검풍, 검기!

환환이 만들어 낸 검의 사나운 폭풍에 천마검은 가만히 서 있었다.

그의 머리카락이 뒤로 흩날리고 옷이 찢어질듯 펄럭였다. 하지만 그게 전부였다.

강맹하고 날카로운 묵빛 검기에 의해 피부가 찢겨져야 마땅하건만 천마검은 어떤 상처도 없이 서 있었다. 다만 그의 눈빛이 아까 분지에서처럼 시뻘겋게 변해 있었다.

환환의 눈동자가 흔들렸다.

지금 천마검은 호신지기를 펼치고 있는 것이 아니었다. 호신강기(護身罡氣)였다. 그것이 뜻하는 것은 지금 천마검의 육신은 거의 금강불괴에 가깝단 것이다!

호신강기라니?

전설로만 내려오는 경지가 아닌가!

하지만 내친걸음을 멈출 수는 없었다.

환환은 기합성을 터트렸다.

"으하아아합!"

금강불괴, 호신강기라도 베리라. 태산이라도 부수리라!

백 년에 달하는 그의 내력 전부를 담은 검이 천마검의 머리로 떨어졌다. 그리고…… 천마검은 그 검을 향해 손을 뻗었다.

턱!

천마검의 손이 환환의 검을 잡았다.

"······!"

환환의 눈이 찢어질 정도로 커졌다.

우우우우웅!

천마검의 손에 잡힌 검이 거친 울음을 토했다. 백 년의 내공이 벼락처럼 쏟아지다가 막혀 버려 뒤로 물러났다.

"커흑!"

환환은 쏟아 낸 내공이 다시 몸속으로 역류하자 상상도 할 수 없는 끔찍한 고통을 느꼈다. 내장기관들이 갈가리 찢겨지는 듯했다.

퍼엉!

검을 쥐고 있던 환환의 손이 터져 버렸다. 잘린 손목에서 피가 콸콸 쏟아졌다.

"으아아악!"

환환은 바닥에 쓰러져 나뒹굴었다. 전각이 떠나가라 비명을 질러 댔다. 그는 손을 잃었다는 상실감조차 느끼지 못했다.

근육이 끊어지고 뼈가 갈라진다는, 최고의 고문술인 분근착골(分筋錯骨)보다 수십 배에 달하는 고통이 환환을 덮치는 중이기에.

"끄아아악."

환환의 눈이 뒤집혔다.

검은 동공은 사라지고 흰자위만 남았다. 눈과 코 그리

고 양발에서 핏물이 흘러나왔다. 어깨가 빠진 팔은 너덜거렸고 손이 날아간 팔에서는 핏줄기가 피슉 피슉 뿜어져 나왔다.

그러나 백운회는 환환을 보지 않았다. 그는 자신의 손바닥을 보았다.

피부가 얕게 갈라지고 혈선이 생겨났다.

손바닥으로 송글송글 올라오는 검붉은 피.

백운회의 미간이 좁아졌다.

피가 선홍빛이 아니라 검은빛을 띠고 있다.

그는 고개를 갸웃거렸다.

원래는 환환의 검을 피하고 놈을 제압하려고 했다. 그런데 자신도 모르게 손이 앞으로 나가 버렸다.

환환의 강류에 맞서 기운을 일으키는 순간 아랫배의 하단전과 가슴의 중단전에서 자신이 원한 것보다 훨씬 엄청난, 그야말로 무지막지한 힘이 폭발적으로 터지듯 분출됐다.

호신지기는 호신강기로 변했다. 그 어마어마한 힘은 백운회의 뇌리로 하여금 피할 필요가 없다는 것을 무의식적으로 각인시키며 절로 손으로 막게 했다.

"또 내 몸이 통제를 벗어났군."

백운회는 낮게 혼잣말을 하며 눈살을 찌푸렸다. 아까 분지에서도 중간중간 몸이 뜨거워지며, 쓰려던 힘보다 훨씬 강력한 힘이 폭발하듯이 분출됐었다.

죽음의 기운을 품는 데 성공해, 천마 조사조차도 꿈꾸던 마신의 경지에 오른 것이라 생각했다. 그 힘을 쓰는 것이 처음이라 아직 익숙하지 않은 것이라 여겼다.

몸에 소름이 돋을 정도로 엄청난 이 힘.

그런 힘을 얻었으면 당연히 좋아야 하겠지만 백운회는 왠지 탐탁지 않았다.

아무리 낯선 경지라고 해도 벌써 몇 번이나 자신의 의지를 넘어서다니.

환환은 여전히 비명을 지르며 바닥을 뒹굴었다. 모든 내력을 한 번에 쏟아 냈는데 그게 제 몸으로 역류했으니 당연한 일이었다. 통제할 수 없는 그 기운은 환환의 혈도를 질주하며 몸 내부의 모든 것을 파괴했다.

"으아아악. 제, 제발."

퍼엉.

그의 한쪽 눈이 터져 나갔다.

백운회는 입술을 잘근잘근 깨물었다.

이대로 두면 환환은 죽는다. 물론 천 번 죽여도 시원치 않을 놈이다. 문제는 천랑대에 관한 정보를 알아내지 못한다는 점이었다.

일단 살리고 싶었지만 불가능했다. 환환의 공력은 매우 심후했고, 그 공력 전부가 한순간에 역류한 것이다.

또한 이미 너무 많은 피를 흘렸다.

환환은 이제 피눈물을 흘리며 울고 있었다. 비명과 울음소리가 번갈아 튀어나왔다.

"흑흑흑. 아아아악. 살려…… 아니, 죽여 줘. 흑흑, 끄아아악. 제발 죽여 줘. 흑흑흑."

그의 몸은 제멋대로 뒤틀렸다. 몸의 구멍이란 구멍에서는 모두 피가 흘렀다.

그런 환환의 모습을 보면서 백운회는 미소를 짓다가 흠칫하고는 얼굴을 찌푸렸다.

"내가…… 놈의 고통을 즐기고 있는 건가?"

이 또한 자신의 의지가 아니었다.

낯선 자신의 모습.

그때 한 여인이 내실 안으로 들어왔다.

하연이다.

그녀는 환환의 검을 주워들었다. 그 검으로 환환의 목을 베려는 것을 백운회가 막았다.

"그런 죽음은 이놈에게 사치요."

백운회는 제발 죽여 달라는 환환의 목을 움켜쥐고는 창가로 가서 허공으로 던져 버렸다.

"으아아아악! 천마검, 이 개자식아아아아."

환환의 비명이 길게 울리며 어둠 속으로 사라졌다.

2

내실에 어색한 정적이 흐르는 가운데 백운회는 창가에 서서 컴컴한 하늘을 보며 생각했다.

'뭔가 잘못됐어.'

그는 새롭게 들어선, 마신의 경지라고 믿었던 것에 회의를 품기 시작했다.

자신의 안에서 들끓고 있는, 상상도 할 수 없는 어마어마한 힘. 이건 무림사상 그 어떤 이도 갖지 못한 힘일 것이다.

그렇게 엄청난 힘이기에 아직 적응을 하지 못한 것일 수도 있겠으나 여러 가지가 걸렸다.

하연이 그의 등 뒤에서 부드럽게 물었다.

"새로 갖게 된 힘이 부담스럽나요?"

백운회는 하연이 물은 내용에 흠칫 놀랐지만 태연하게 대꾸했다.

"약간 문제가 있는 것 같지만…… 해결할 것이오."

하연은 담담한 어조로 대꾸했다.

"물론이죠. 천마검 백운회니까요."

그녀의 말에 백운회가 피식 웃고는 말했다.

"나가서 마무리합시다."

"당신이 다 마무리했어요."

"외곽에 번을 서는 자들이 있지 않겠소?"

하연은 고개를 저었다.

"오늘은 배교의 축제날. 번을 서지 않아요. 그래도 괜찮은 건 이곳은 사람들이 찾지 않는 곳일뿐더러 진법으로 숨겨져 있으니까요."

"지하뇌옥엔 있었잖소."

하연이 빙그레 웃었다.

"원래 그곳도 오늘은 번을 서지 않아요. 그런데 당신 때문에 예외가 생긴 거죠. 환환이 천마검을 꽤나 두려워했다는 얘기지요. 빠져나올 수 없다고 확신하면서도 번을 세운 것을 보면 말이죠."

하연은 말을 하면서 백운회 곁으로 다가왔다. 그리고 손을 뻗어 그의 손을 잡으며 말을 이었다.

"다쳤군요."

"별 거 아니요."

백운회는 자연스럽게 손을 빼냈다. 하지만 하연은 이미 그의 손바닥에 어린 검붉은 피를 보았다.

그녀의 얼굴이 굳었지만 이내 미소를 머금었다.

"하고 싶은 말이 있어요."

"……?"

"세 번째 소원. 그 소원을 가장 먼저 들어주었으면 좋겠어요."

첫 번째 소원은 무림맹주 검황, 두 번째 소원은 배교주를 죽여 달라는 것이었다.

하연이 아직까지 붉은 기운이 감도는 백운회의 눈을 직시하며 말을 이었다.

"세 번째 소원을 먼저 들어주면 첫 번째 소원과 두 번째 소원은 한참 뒤에 들어줘도 좋아요. 당신의 동료를 만나고, 당신의 꿈을 이룬 다음에 해도 좋아요."

백운회는 의외라는 표정으로 하연의 시선을 받으며 고개를 끄덕였다.

그렇게 해 준다면 쌍수를 들고 반길 일이었다. 너무 많은 시간이 흘렀다. 수하와 동료들의 안위가 궁금해 가슴이 터질 지경이었다.

"그렇게 급하고 중요한 것이오?"

"예, 그래요. 그리고 당신도 빨리 동료들을 만나고 싶을 테니까."

백운회는 하연의 마음씀씀이가 고마웠다. 하지만 세 번째 소원이 왠지 만만치 않을 것이란 예감도 들었다.

"말하시오."

"당신을 치료하게 해 줘요."

백운회는 당혹스러운 기색으로 잠시 침묵하다가 대꾸했다.

"날 치료하는 게 세 번째 소원이요?"

"그래요."

"당신이 너무 밑진다는 생각이 드는데."

그의 말에 하연이 어깨를 으쓱하고는 엷은 미소를 지었다.

"당신이 건재해야 나중에라도 첫 번째 그리고 두 번째 소원을 들어줄 수 있을 테니까."

"……."

"지금처럼 무시무시한 힘은 쓸 수 없을 거예요. 아쉽겠지만 그 힘은 잊어요. 그건 허락되지 않은 금지된 힘이니까. 당신의 생명을 갉아먹으며 나오는 힘이니까."

"조금 아쉬워지려고 하는군."

백운회의 투덜거림에 하연의 미소가 짙어졌다.

"하지만 반년 전의 당신보다는 훨씬 강할 거예요. 당신도 만족할 만큼."

백운회는 망설였다. 하연은 화선부주다. 그런 그녀의 의술 실력을 못 믿는 건 아니다. 무엇보다 자신을 위해 목숨까지 바치려 한 여인.

그럼에도 백운회는 쉽게 결단을 내리지 못했다. 그만큼 자신이 이곳에서 구사한 힘은 유혹적인 것이었다.

혼자서 천하인들 모두와도 상대할 수 있을 것 같은 그 치명적이고 전율이 이는 힘.

하연은 그런 백운회의 심정을 이해했다. 아무리 냉정한

천마검이라 해도 그 역시 힘을 추구하는 무인이니까.

"죽음의 기운을 품은 거잖아요. 그건 살아 있는 사람, 아니, 살아 있는 모든 생명체에게 금지된 힘이에요."

"나는…… 통제할 수 있소. 도저히 안 된다면 그때 부탁하겠소."

하연은 슬픈 눈으로 백운회를 보며 말을 받았다.

"한 번만 더 그런 힘을 쓰면 나도 치료를 자신할 수 없어요. 지금 이 시간에도 당신의 피는 점점 검어지고 있단 말이에요."

"……"

"제발 허락해 줘요. 당신이 들어주겠다고 약속한 소원을 말하는 거잖아요."

"하연."

"만약 당신에게 약간의 시간이 더 있었다면, 어쩌면 당신은 사기(死氣)마저 통제했을지도 몰라요. 당신은 천마검 백운회니까. 하지만 나 때문에 마무리를 못한 거잖아요. 제발…… 나 때문에…… 당신이 죽는 것은 볼 수 없어요."

백운회는 입술을 꾹 깨물었다가 피식 웃었다.

"알고 있었소? 하지만 나는 쉽게 죽지 않으니 걱정하지 마시오. 나는……."

백운회의 말허리를 하연이 끊었다.

"당신이 천마검 백운회라는 건 알아요. 하지만 사람이죠."

"......"

"일단 이곳을 빠져나가요. 여기는 사기가 너무 짙어서 당신에게 최악의 환경이니까. 지금 이 순간에도 당신 몸 속의 사기는 펄펄 들끓고 있죠?"

백운회는 깊은 한숨을 내쉬었다. 그리고 하연을 보며 물었다.

"치료하는 데 걸리는 시간은?"

그가 던진 질문에 하연은 아차 싶었다. 그가 동료와 수하를 얼마나 걱정하는지 잠시 잊고 있었다.

이제야 백운회가 자신의 몸이 이상하다는 것을 눈치챘는데도 계속 망설인 것이 이해됐다. 그저 힘만을 탐한 것이 아니었다.

그녀는 망설이다가 대꾸했다.

"며칠이면 돼요."

"......"

"검황과 배교주를 죽이려면 그보다 훨씬 많은 시간이 필요할 거예요. 하지만 며칠만 내게 준다면 당신의 피와 육체는 원래대로 돌아오게 될 거예요. 그리고…… 동료 수하들에게 가시면 돼요."

백운회는 쓴웃음을 깨물었다.

"그렇군."

"세 번째 소원을 수락한 거죠?"

백운회는 고개를 저으며 원탁으로 가서 앉고는 말했다.

"머지않은 훗날, 나중에 검황과 배교주를 친 다음에 세 번째 소원을 다시 듣겠소. 그때 원래 하려고 했던 소원을 말하시오."

하연은 고개를 절레절레 저으며 대꾸했다.

"천마검다운 자존심이고 답변이네요."

백운회는 엷은 미소만 지으며 아직 남아 있는 술병을 들어 병째 마셨다.

이상하게 가슴이 타들어가는 듯했다. 술이라도 마셔서 진정시키지 않으면 전신이 타올라 재가 될 것만 같았다.

하연은 그런 천마검을 가만히 지켜보다가 물었다.

"그냥 장난 삼아 말하는 건데, 세 번째 소원을…… 만약 나와 혼인해 달라고 하면 어떻게 할 건가요?"

하연은 묘한 눈빛으로 그를 직시했다. 지금 그녀는 면사를 걸치지 않아서 화상으로 뭉개진 얼굴의 하관을 고스란히 드러내고 있었다.

백운회가 술병을 내려놓고는 피식 웃고는 고개를 저었다.

"그 소원은 받아들이지 않겠소. 다른 것을 요구하시오."

"역시……. 풋, 웃자고 한 농담에 너무 정색하시네요. 그냥 농으로 받아 주면 좋았을 것을. 당신은 너무 진지해서 재미가 없어요."

하연은 씁쓸한 표정을 어색한 웃음으로 지우고는 문가를 향해 걸었다.

"자, 떠날 준비를 하자고요."

백운회는 자신을 지나치는 그녀의 손을 잡았다.

"그 소원은…… 내 소원이기 때문이오."

"……!"

"나는 천하일통을 한 후에 최고의 여인과 혼인하겠다고 말한 적이 있소."

하연의 눈가가 파르르 떨렸다. 백운회의 말이 이어졌다.

"기다려 주시오."

하연은 심장이 두근거렸다. 고개를 내려 그의 얼굴을 보고 싶었지만 그러지 못했다.

"기왕 농담을 시작했으니…… 당신이 천하일통을 하는 날까지 기다리다가는 꼬부랑 할머니가 돼 있겠지요?"

"삼 년."

하연은 가슴속에서 자꾸 기대감이 이는 것이 싫어서 고개를 세차게 저으며 차갑게 대꾸했다.

"그만해요. 상황이 이상하게 꼬여서, 살기 위해 그리고 복수를 위해 어쩔 수 없이 배교의 노예가 되었지만……
원래 화선부는 정파예요. 마교의 대마두인 천마검과 나는
어울리지 않아요. 우리 화선부는 이제 다시 원래의 모습
으로…… ."

"상관없소. 당신은 내 여자요."

"……!"

하연의 심장이 쿵하고 떨어졌다.

그런 둘의 모습을 창밖 멀리 떨어진 나뭇가지 위에서
까마귀 한 마리가 지켜보고 있었다.

*　　　　*　　　　*

사흘 뒤.

백운회는 침상에 가부좌를 한 채 조용히 촛불을 보았
다.

수많은 촛불들이 내실에 켜져 있어서 내실은 대낮처럼
환했다.

"마음의 준비는 됐나요?"

침상가에 서 있는 하연의 물음에 백운회는 고개를 끄덕
이다가 물었다.

"이틀이면 끝나는 거요?"

하연은 빙그레 웃으며 반문했다.

"똑같은 질문을 계속한다는 건 내가 실패할까 봐 걱정이 된다는 뜻인가요?"

백운회의 눈자위는 내력을 일으키지 않았는데도 붉은 빛을 뿌리고 있었다. 그리고 이제는 얼굴까지 까맣게 물들고 있었다.

백운회는 침상 옆 탁자에 놓인 수많은 금침(金針)들을 흘낏 보고는 말했다.

"시작하시오."

하연은 금빛 봉침을 들고는 말했다.

"예전에 당신을 처음 치료할 때 기억이 나네요. 솔직히 그때 나는 당신이 결코 살아날 수 없을 거라고 확신했었어요."

하연은 수혈에 봉침을 꽂으며 말을 이었다.

"그때에 비하면 이건 아주 쉬운 거니 걱정하지 마세요."

"걱정하지 않소."

그녀는 잇따라 침을 놓으며 말했다.

"어련하시겠어요. 천마검 백운회잖아요."

"훗."

백운회는 실소를 뱉었다. 서서히 졸음이 몰려오고 있었다. 하지만 하연의 금침 덕분인지 그의 자세는 풀어지지 않았다.

"이건 화선부주만 펼칠 수 있는 고급 시술이에요. 영광으로 생각해야 된다고요."

백운회는 수마가 몰려오는 가운데 왠지 하연의 음성이 슬프다는 느낌이 들었다. 하연은 집중하며 계속 금침들을 백운회의 요혈에 꽂았다.

"그리고 나는…… 고맙게 생각하고 있어요. 날 여인으로 봐 줘서."

"……."

"그리고 미안하게 생각해요. 나, 사실은 거짓말했거든요."

백운회의 의식은 수면 아래로 가라앉았다. 그녀의 말이 귓가에서 아스라이 들리는데 무슨 말인지 알 수가 없었다.

"이번 시술은 이틀이 아니라 오십 일이 걸려요."

"……."

"하지만 사실을 말하면 당신은 분명 내 제안을 거절했을 테니까 어쩔 수 없었어요."

하연은 삼백 개가 넘는 금침을 백운회의 몸에 놓고는 손등으로 이마의 땀을 훔쳤다. 그녀는 백운회의 얼굴을 잠깐 보다가 미소 지었다.

"당신, 정말 잘생긴 거 알아요? 이런 얼굴로 날 향해 내 여자라고 말하면…… 위험하다고요. 넘어갈 뻔했잖아요."

그녀의 손이 백운회의 뺨을 쓰다듬었다. 그녀의 눈에서 눈물 한 방울이 떨어졌다.

그때 내실 밖에서 다급한 목소리가 파고들었다.

"부주님!"

"안 됩니다!"

화선부의 장로인 수안파파와 유모였다.

하연이 아미를 찌푸리며 차갑게 말했다.

"물러나세요."

수안파파가 외쳤다.

"정녕, 정녕 지금 하시는 것이 초생유유술(初生幽幽術)이 아니라 선천생사교대법(先天生死交大法)이 맞습니까?"

유모가 흐느끼며 다시 안 된다는 말을 외쳤다. 하연은 백운회의 등 뒤에 앉으며 대꾸했다.

"내일 읽으라고 준 것을 벌써 보았군요. 부주의 명이 그렇게 가볍습니까?"

"부주님. 대체 왜?"

"이분 덕택에 본부는 자유를 찾았어요. 그런데 왜라니요? 은혜를 갚는 건 화선부의 부주로서 당연히 해야 할 일입니다."

"죽어 가는 천마검을 살리신 건 부주님이십니다."

"준 것은 잊고 받은 것만 기억하라고 가르쳐 주신 분은 장로님이십니다."

"부주님, 제발. 안 됩니다. 들어가겠습니다."

"내일 술시(戌時)에 들어오라고 이미 명했습니다."

"부주님! 들어가야겠습니다."

"저는 이미 반 시진 전에 생화단(生化丹)을 먹었습니다."

"……!"

문 밖의 수안파파는 털썩 주저앉았다.

생화단.

생명의 근원인 선천지기(先天之氣)를 단전으로 끌어오는 환약이다. 부주가 지금 멈춘다 해도 이제 돌이킬 수 없었다.

수안파파는 곁에서 오열하는 유모를 보았다. 그리고 침통한 표정으로 눈을 감았다.

하연은 가부좌를 틀고 있는 백운회의 뒤에서 그의 넓은 어깨와 등을 보았다.

아쉽다는 생각이 들었다.

앞으로 열두 시진 동안 그의 잘생긴 얼굴을 볼 수 없다는 것이. 하지만 그녀는 피식 웃고 그의 등과 어깨로 만족했다.

하연의 손이 백운회의 등허리에 위치한 명문혈에 다가

갔다.

"후회하지 않아요."

다짐하듯 혼잣말한 그녀는 선천생사교대법의 구결을 외우기 시작하며 집중했다. 그리고 손바닥을 그의 명문혈에 댔다.

그녀는 지금 자신의 선천지기를 백운회의 몸에 주입하려는 것이었다.

하연의 선천지기가 백운회의 몸으로 들어가 혈도를 타고 움직이기 시작했다. 그리고 이내 곳곳에서 떠도는 백운회의 사기와 조우했다.

쿵, 쿠쿵.

선천지기와 사기가 치열하게 싸웠다. 곳곳에서 두 기운이 폭발했고 그때마다 백운회의 전신이 잔경련을 일으켰다. 하지만 그는 지금 고통조차 느끼지 못하는 깊은 무의식의 세계에 빠져 있었다.

반면 하연은 자신의 선천지기를 갉아먹으려는 사기와 쉼 없이 싸우면서 정신을 놓지 않으려고 애를 썼다. 구결을 끊임없이 외우며 이를 악물었다.

폭발이 일 때마다 그 충격의 여파가 손바닥을 타고 넘어와 그녀의 전신을 뒤흔들었다. 시간이 흐르며 고통이 점점 커졌다. 순간순간 구결을 잊을 위기가 찾아왔다.

더욱 그녀를 힘들게 한 것은 백운회의 몸에 있는 마기

(魔氣)였다. 그 강대한 마기는 몸에 침입한 하연의 선천 지기를 쫓았다.

하지만 하연은 백운회의 마기와 싸울 수가 없었다. 그건 자칫 백운회의 진원지기를 훼손할 위험이 있기에.

그럼 백운회는 주화입마를 입은 것처럼 폐인이 될 수밖에 없었다.

집요한 마기의 추적을 피하고 사기를 쫓아가 싸워 소멸시키는 매우 지난한 작업이 진행됐다.

'버려야 해. 찰나의 실수로 둘 다 죽게 될 수도 있어.'

고도의 집중력이 흐트러지지 않고 지속되어야 했다.

이제 반 시진, 시작에 불과했다.

열두 시진이란 긴 시간 동안 찰나라도 집중력을 잃는다면 대법은 실패로 돌아갈 것이다. 하연의 몸은 벌써 땀으로 잔뜩 젖어 있었다. 그녀의 턱에서 땀방울이 뚝뚝 떨어졌다.

침상 주변의 무수한 촛불이 거세게 흔들리다가 하나둘씩 꺼져 갔다. 그건 하연의 생명이 줄어들고 있음을 의미했다.

3

다음 날 술시.

화선부의 오십여 명이 내실 밖에서 고개를 숙인 채 부복하고 있었다.

수안파파가 깊은 한숨을 뱉고는 곁의 유모를 향해 말했다.

"모셔 오게."

눈이 퉁퉁 부은 그녀는 고개를 끄덕이며 내실의 문을 열었다.

드르르륵.

내실은 컴컴했다. 그 무수한 촛불들은 하나도 남김없이 꺼져 있었다.

유모는 입술을 깨물고 침상으로 다가갔다.

어스름한 내실의 침상 위.

천마검은 이불 아래 누워 있고 부주는 그의 곁에 앉아 있었다.

하연은 그 어둠 속에서 천마검의 얼굴을 뚫어지게 내려다보며 말했다.

"유모, 방금 끝났어."

"……."

"금침도 이분의 몸에 다 용해되었고, 사기는 통제 가능한 만큼만 남겨 두었어. 다시 해도 이보다 더 잘할 수는 없을 거야."

유모는 이를 악물었다.

하연의 목소리.

평소에는 한겨울 북풍처럼 쌀쌀맞지만 기분이 좋을 때
는 봄날처럼 따뜻한 그녀의 음성. 그 목소리가 이젠 늙수
그레하게 변했다.

유모의 눈이 어둠에 적응하며 하연의 흑단 같던 머리카
락이 짙은 잿빛으로 변한 것을 알았다. 아마 내일이면 백
발이 될 것이다.

그리고 화상을 입지 않은 피부도 쪼글쪼글해진 것도 보
였다.

"부주님!"

유모는 억장이 무너지는 마음에, 소리 없이 오열했다.
하연이 그런 유모를 향해 고개를 돌리며 미소 지었다.

"괜찮아, 나는 괜찮아."

그녀의 얼굴을 본 유모는 결국 울음을 잇새로 터트리고
말았다. 누구보다 반짝이던 그녀의 초롱초롱했던 눈빛은
시커멓게 죽어 있었다.

"부주님. 흑흑."

"괜찮은 정도가 아냐. 나는 지금 정말로 행복해."

"흑흑."

하연은 비틀거리면서 침상에서 내려서다가 발에 힘이
없어 쓰러졌다.

유모가 놀라 그녀에게 다가서자 하연이 고개를 저었다.

그리고 침상을 손으로 짚고는 일어났다.

"괜찮아, 조금 어지러워서."

"부주님. 왜? 왜 이렇게까지……."

하연은 시선을 백운회에게 던지며 소리 없이 웃다가 말했다.

"나도 모르겠어. 그냥…… 그래, 그냥이야."

하연은 자신이 증오했던 어머니의 말이 문뜩 떠올랐다. 사랑은 목적도 조건도 없다고. 그냥이라고 했었다.

"역시 피는 못 속이는 거네."

그녀는 낮게 중얼거리다가 눈을 크게 떴다.

"아! 깜빡할 뻔했네. 미음은 준비됐지?"

"부주님!"

"시장하실 거야. 어서 이분의 입에…… 아니 내가 할게. 미음을 가져와."

유모는 연신 흘러내리는 눈물을 닦고는 물러났다. 그리고 수안파파가 미음을 들고 와 하연에게 말했다.

"남은 사십구 일은 저희들이 책임지겠습니다. 그때까지 몸조리 하셔야지요."

"나는 정말 괜찮……."

수안파파가 빽 소리를 질렀다.

"사십구 일 후, 천마검이 건강하게 떠나는 것을 보셔야지요. 그때까지 살아 계셔야지요!"

"……."

"그걸 봐야 죽을 때 편히 눈을 감으실 수 있을 것 아닙니까?"

하연은 고개를 저으며 소리 없이 웃었다.

"그때까지 나 살 수 있을까요? 어려울 것 같네요."

"사실 겁니다. 저희는 화선부니까요."

하연이 성난 표정의 수안파파를 물끄러미 보다가 고개를 끄덕였다.

"부탁하겠어요."

"믿으십시오."

"내 모습을 이분께 보여 줄 수는 없지만, 그래도 보고 싶긴 하네요. 건강한 모습으로 무림에 재출도하는 뒷모습을."

"……."

"멋있을 거예요. 그 뒷모습마저. 이 사람은…… 천마검 백운회니까. 정말…… 보고 싶어요."

"꼭 보실 겁니다."

"고마워요."

하연의 몸이 무너져 내렸다. 탈진해 실신한 것이다.

사실 그녀가 지금까지 버틴 것은 기적에 가까운 것이었다.

                    *   *   *

　대륙의 중심에 위치한 호광 땅에는 강호초출 한 무림인
이나 풍류가객들이 꼭 들리는 곳이 있다.
　악양(岳陽).
　일찍이 두보가 읊기를,

『예부터 들어오던 동정호[昔聞洞庭湖], 이제야 악양루에
올랐네[今上岳陽樓].』

　라고 하였다.
　악양루에서 내려다보는 바다처럼 넓은 동정호의 아름다
운 풍광을 노래한 것이다.
　팔백 리 동정호라 불리는 이 거대한 곳의 중심에는 군
산도(群山島)라는 섬이 있다.
　이 섬은 사실상 무림이 세상을 지배하는 시대인 지금
아주 중요한 의미를 가진다.
　무림맹 총타가 위치해 있기 때문이다.
　기라성 같은 고수들과 책사들이 운집해 있는 곳이다.
　많은 무림인들이 이곳에서 일해 보기를 꿈꾸나 아무나
들어올 수 없는 곳.
　그곳으로 들어가는 유일한 다리인 천하교(天下橋) 앞에

독고세가 일행이 당도했다.

문전성시(門前成市)란 말이 떠오를 정도로 천하교 앞은 무수한 사람들로 가득했다. 시골에서 올라온 무림인들은 천하교 한 번 건너는 것을 평생의 소망으로 여길 정도였다.

오성검 장로는 이미 다리를 건너 군산도로 들어갈 수 있는 통행패를 받고도 아직 이동하지 못했다.

천하교 앞에서 철통같은 경계를 서고 있는 무사들 중에서 고참인 오세일(吳世一)은 오성검 장로에게 다가가 말을 건넸다. 오성검 장로가 몇 번 이곳에 방문한 적이 있기에 둘은 안면이 있는 사이였다.

"장로님, 대체 나머지 네 분들은 언제 오는 겁니까?"

천류영, 독고설, 조전후, 구위를 일컬음이다. 오성검은 쓴웃음을 깨물고 답했다.

"곧 도착할 것이니 너무 재촉하지 말게나."

오세일이 머쓱한 표정으로 웃었다.

"하하하. 재촉이 아니라 사천의 영웅들에 이름을 올린 주역들을 빨리 보고 싶어서 그런 겁니다."

오성검은 주변을 찬찬히 훑었다. 오세일뿐만 아니라 다리를 지키는 무사들 표정도 상기되어 있었다. 또한 근방의 많은 사람들도 호기심 어린 표정을 짓고 있었다.

정파인들에게는 언제나 공포의 대상인 마교.

그것도 마교 내에서 살아 있는 전설이라고 불리는, 천마검이 이끈 선발대를 물리친 무림서생을 본다는 기대감이 역력했다.

천류영은 자신도 모르는 사이에 차기 무림맹의 총군사 후보로 주목받고 있었다.

어디 그뿐이겠는가?

정파 무림에서 가장 유명한 후기지수 단 한 명을 꼽으라면 몰표를 받을 독고설도 있었다.

무림오화에 속하는 미녀이면서도 사천의 영웅들에 속하는 여전사로 유명세를 탄 그녀의 인기는 좀처럼 사그라지지 않았다.

그리고 야차검 조전후.

역시 사천의 영웅들 중 하나다. 사람들은 천류영과 독고설을 보는 김에 그도 보면 좋겠다는 생각을 가지고 있었다.

왜냐하면 지금 정파 무림에서는 사천의 영웅들 중 몇명을 직접 봤다는 것이 자랑거리가 되고 있기 때문이었다.

오세일은 이제나 저제나 기다리다가 오성검 장로의 귀가 하나 없는 것을 보고는 깜짝 놀랐다.

"장로님. 귀가……. 아! 마교와의 전투에서 잃으신 겁니까?"

오성검이 고개를 끄덕이자 수많은 사람들이 그를 존경

의 눈으로 보기 시작했다. 여기저기서 웅성거리는 소리가
퍼져 나갔다. 오세일이 손뼉을 치며 말했다.

"아! 맞습니다. 장로님도 사천의 영웅들에 이름이 있었
지요?"

"허허허, 용케 기억하는군. 나야 밑에 간신히 이름이
올라가 있을 뿐이네."

"그래도 그게 어딥니까? 대단하십니다."

오성검 장로는 군중의 시선이 자신에게 몰리자 묘한 느
낌을 받았다. 왠지 으쓱한 기분이 들면서도 계면쩍었다.

가만히 있고 싶었으나 점점 쏟아지는 관심에 무슨 말이
라도 해야 할 것 같았다. 그래서 결국 입을 열었다.

"이름이 올라가고 말고가 뭐가 중요하겠는가? 우리는
사천의 싸움에서 많은 동료와 수하들을 잃었어. 그 이름
없는 영웅들이야말로 우리가 승리할 수 있게 만든 원동력
이라고 생각하네."

여기저기에서 박수가 터져 나왔다. 그리고 오성검 장로
의 말은 사람들의 입을 통해서 주변으로 퍼져 나갔다. 그
러면서 박수소리가 더 커졌다. 휘파람 소리와 함성까지
일었다.

이 반응에 오성검 장로가 당황하며 자책했다. 어쩌다
보니 잘난 척한 꼴이 되어 버린 것이다.

오세일이 엄지를 치켜세우며 말했다.

"훌륭하십니다. 저도 기회가 된다면 마교의 무리들과 싸워 공을 한번 세우고 싶은데."

그의 말에 적지 않은 무림인들이 고개를 끄덕이며 눈을 빛냈다. 그 모습에 오성검 장로는 속으로 쓰게 웃었다.

그 치열했던 전투와 전투들.

솔직히 오성검 장로는 다시는 그런 전투를 경험하고 싶지 않았다. 저자거리에서 시비가 붙는 것과는 차원이 다른, 숨 막히는 순간들.

그때 군중들이 천하교를 보면서 웅성거리기 시작했다. 거대한 금빛 사륜마차가 달려오고 있었다.

무림맹의 수뇌부에 속하는 이들만이 탈 수 있는 마차였다.

사륜마차는 천하교를 건너와 멈췄다. 그리고 마차 문이 열리고 네 명의 젊은이들이 모습을 드러냈다.

빙봉 모용린, 하월 팽우종, 비검 장득무, 매검 화가연.

군중들의 소란이 커지는 반면에 오세일을 포함한 무림맹 무사들은 긴장한 얼굴로 부동자세를 취했다.

모용린이 그들을 향해 편하게 있으란 말을 하고는 오성검 장로에게 다가왔다.

"오랜만에 뵙습니다, 장로님. 강녕하셨습니까?"

"예. 우군사님은 더 아름다워지신 것 같습니다."

"훗, 설이를 매일 보는 분께서 그런 말을 하시니 그냥 덕담으로 듣겠습니다."

모용린을 시작으로 팽우종과 장득무 그리고 화가연이 포권을 취했다. 오성검 장로도 일일이 답례하며 웃었다.

그들은 기이하게 가슴이 뜨거워졌다. 그건 생사를 함께 한 기억이 아직 가슴에 생생한 때문이었다.

모용린은 독고세가 일행을 훑으며 말했다.

"아까 당도했다는 말을 들었는데 아직까지 들어오지 않아서 직접 왔습니다. 무슨 문제라도 있는 건지요?"

장득무가 고개를 갸웃거리며 말을 받았다.

"장로님, 천류영 형님과 검봉 누님이 안 보이네요?"

팽우종이 피식 웃고는 입을 열었다.

"호랑이도 제 말 하면 온다고 했던가?"

팽우종의 말을 들은 사람들은 그의 시선을 따라 고개를 돌렸다.

저 멀리서 흙먼지를 뒤집어쓴, 영락없는 거지꼴인 네 사내가 달려오고 있었다. 아니, 정확히 말하면 삼남일녀였다. 독고설은 평소처럼 남장을 한 것이다.

모용린은 고개를 절레절레 저으며 말했다.

"천 공자는 아직도 기초 수련에 열중하고 있군요."

오성검 장로가 말을 받았다.

"천 공자가 저러니 설이도 곁에서 하겠다고 고집을 부린 것이네."

화가연이 이상하다는 표정으로 물었다.

"설이 언니라면 천 공자 옆에서 떨어지지 않으려고 할 테니 이해가 돼요. 그런데 조 대협이 저렇게 기초 수련을 열심히 한다는 게……."

그녀의 말이 떨어지기 무섭게 독고세가 사람들이 주먹으로 입을 가리며 웃음을 참았다. 오성검 장로도 마찬가지 동작을 하고는 말했다.

"그게 얼마 전에 조 대협이 설이에게 깨지고 나서는 저렇게 열심히……."

오성검 장로는 실수했다는 표정으로 말을 이었다.

"이건 말하지 말게. 야차검 성질 알잖나? 비밀, 비밀이네."

모용린 일행은 모두 눈을 동그랗게 뜨고 있었다. 그만큼 독고설이 조전후를 이겼다는 것은 충격적인 소식이었다.

팽우종이 묘한 신음을 흘리다가 눈빛을 빛냈다.

"검봉이 사천 전투 이후 검술에 미친 듯이 매진하고 있다는 소문은 들었지만……."

모용린이 그런 팽우종을 보며 미소를 머금었다.

"당신도 만만치 않았어요. 날 돕겠다며 무림맹에 눌러앉아서는 하루 종일 수련만 했잖아요."

그녀는 장득무를 흘낏 보며 싸늘하게 말을 이었다.

"누구처럼 사천의 영웅들에 꼽혔다는 것에 들떠서 이곳저곳 놀러 다니기만 하지는 않았죠."

빙봉은 빙봉이었다. 그녀의 차가운 말에 장득무는 입맛만 다셨고, 그런 장득무가 사고라도 칠까 걱정되어 따라다닌 화가연도 머쓱해졌다.

모용린은 사천 분타에서 장득무가 꾀병을 부려 상비군에 남은 사실을 잊지 않고 있었다.

그렇게 분위기가 썰렁해지면서 잠시 대화가 끊겼고, 천류영 일행이 당도하면서 급 화기애애해졌다.

천류영 일행은 각자의 팔과 다리에 매여 있던 모래주머니와 무려 이십 관의 묵철이 담겨 있는 봇짐을 내려놓았다. 그들은 검풍대보다 두 배의 무게를 짊어지고 달린 탓에 이렇게 늦은 것이다.

모용린이 먼저 말했다.

"천 공자! 여전하군요. 설이, 반갑다."

"하하하. 얼굴 잊어버리겠군. 반갑소, 천 공자, 독고 소저. 반갑습니다. 조 대협."

"형님! 저 비검 장득무입니다."

"빙봉, 하월. 반갑습니다. 비검, 매검도 이곳에 계셨군요."

"크하하하, 모두들 나 야차검을 기다린 건가?"

모두가 웃으며 해후의 즐거움을 나눴다. 구위 사범은

포권을 취하며 인사를 나누고는 조용히 독고세가의 검풍대와 합류했다.

군중들은 그제야 거지 행색이던 네 사람 중에 무림서생과 청화가 있다는 것을 눈치채고는 조금이라도 가까이에서 보려고 몰려들었다. 때문에 천하교 입구를 지키는 무사들이 그들을 막고 호통 치느라 분주해졌다.

그리고 이제 천하교를 건너갈 시간.

모용린이 마차를 타려는 사람들을 훑어보며 말했다.

"미안하지만 천 공자와 둘만 타면 안 될까요?"

개인적으로 용무가 있다는 뜻이다. 모두가 고개를 끄덕이며 물러섰다. 책사는 책사끼리 할 말이 있을 것이고, 그 대화는 기밀일 수 있다는 것을 알기에.

하지만 독고설은 물러서지 않았다.

그녀는 망설이는 표정을 짓다가 모용린에게 말했다.

"나는 천 공자의 호위니까 함께 타겠어요."

그 말에 조전후도 나서려고 했다. 하지만 모용린의 말에 입맛만 다셨다.

"좋아, 너까지만."

천하의 야차검도 빙봉은 왠지 어려웠던 것이다.

그녀는 사람들에게 다시 한 번 양해를 구하고는 천류영, 독고설과 함께 마차에 올랐다.

마차가 움직이기 시작하자 모용린은 아직 땀으로 범벅

인 천류영에게 수건을 내밀고는 말했다.

"정말 개방의 거지가 울고 가겠군요. 그나저나 반년의 가출 수련은 의미 있었나요?"

독고설이 아미를 찌푸렸다.

"언니, 사람 차별하는 것도 아니고 나는 수건 안 줘?"

"너야 재투성이라도 빛이 나는 인간이잖아. 어떻게 남장을 해도 나보다 더 예뻐?"

독고설이 기가 막혀 말문을 잃은 사이에 천류영이 수건을 받아 얼굴을 닦으며 말했다.

"고맙습니다."

"시간이 없으니 두 가지만 말할게요. 첫째, 배교의 꼬리를 거의 잡았어요. 아직 확실한 근거지는 모르지만 하남성의 북쪽 지역인 것만은 확실해요."

얼굴을 닦던 천류영이나 불평을 하려던 독고설의 얼굴이 딱딱해졌다. 독고설이 기함하며 물었다.

"하남성? 그것도 북부? 정말?"

믿겨지지 않았다. 그곳엔 소림과 개방이 있다. 깊은 저력의 소림사와 정보라면 누구에게도 뒤지지 않는 개방.

그 두 방파 가까이에 배교가 있다니 충격적인 일이었다.

모용린이 고개를 주억거렸다.

"등잔 밑이 어두운 법이지. 대담한 놈들이야."

"그래도 너무 충격적인데."

"오래지 않아 배교의 유력한 근거지가 몇 곳으로 압축될 거야. 그럼 수뇌부에 알리고 대대적으로 기습에 나설 생각이야."

천류영이 심각한 얼굴로 입술을 깨물다가 이내 고개를 갸웃거리며 입을 열었다.

"뭔가 좀 이상하군요. 이건 좀 아닌 것 같습니다."

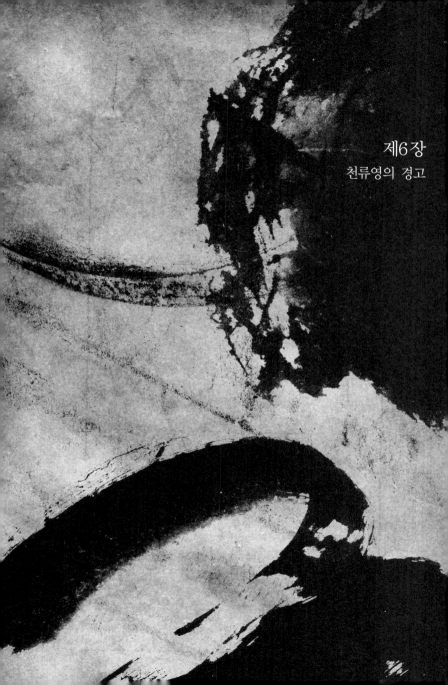

제6장
천류영의 경고

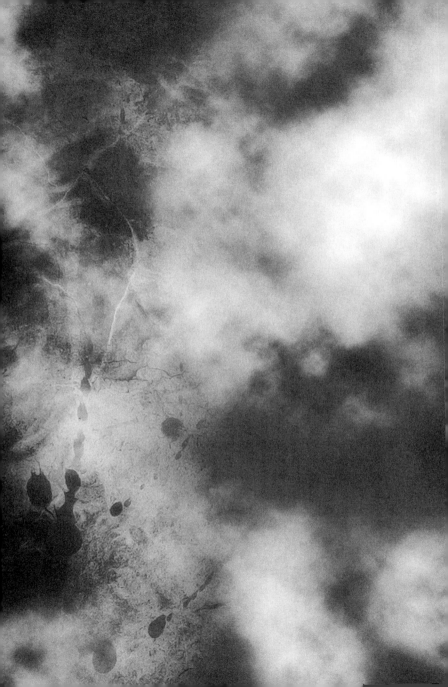

1

　모용린과 독고설이 의아한 표정으로 천류영을 주시했다. 만약 다른 사람이라면 귓등으로 흘렸을 것이다.

　그러나 천류영이 뱉은 말이다. 모용린이 특유의 차가운 음성으로 물었다.

　"제가 잘못 짚고 있다는 뜻인가요?"

　"장담할 수는 없지요. 하지만 제 느낌은 그런 것 같습니다. 이건…… 역시 이상합니다."

　곧바로, 그것도 단호하게 답하는 천류영을 보며 모용린은 일순간 말문이 막혔다. 대신 독고설이 질문했다.

　"대체 뭐가 이상하다는 건가요?"

천류영은 독고설을 봤다가 다시 모용린을 향해 말했다.

"배교는 수백 년간 세인들에게 들키지 않았습니다. 그렇게 은밀하고 신중한 이들에게 대담함이란…… 그런 조합은 어울리지 않습니다. 사람의 단순한 언행이 아니라 한순간에 운명이 결정될 수도 있는 장소 문제라면 말입니다."

모용린은 고개를 끄덕이며 묘한 미소를 머금었다.

"천 공자의 말에 일리가 있어요. 나 역시 놈들의 꼬리를 추적하면서 꽤나 놀랐으니까요."

"……."

"하지만 그동안 수집한 명명백백한 증거들이 있어요."

천류영은 모용린을 빤히 바라보았다. 그 눈빛을 마주하던 모용린이 살짝 눈살을 찌푸리며 물었다.

"제 얼굴에 뭐라도 묻었나요? 아니면 여전히 제 말에 신뢰가 안 가는 건가요?"

천류영이 머쓱한 표정으로 귀밑머리를 긁적이며 대꾸했다.

"빙봉이라면 믿죠."

그 말에 모용린의 찌푸린 얼굴이 조금 풀어졌다. 하지만 그녀의 얼굴은 여전히 굳어 있었다.

뭐랄까?

정말 힘들게 과제를 수행했는데 인정받고 싶었던 사람

이 틀렸다고 말하니 심통이 난 아이 심정이 됐다. 그런 모용린의 얼굴을 보면서 독고설은 속으로 웃음을 삼켰다.

모용린이 천류영의 눈을 똑바로 보며 말했다.

"절 믿는다고 말하지만 천 공자의 표정은 그런 것 같지가 않네요."

천류영이 어깨를 으쓱하고는 대꾸했다.

"명명백백한 증거라는 표현이 좀 거슬린다고 할까요?"

모용린은 황당하다는 표정으로 눈을 동그랗게 떴다.

"그게 왜 거슬리죠?"

"정말 확실한 증거였다면 빙봉은 이미 무림맹 수뇌부에 공표했겠죠. 콕 집어서 말할 수는 없지만 뭔가 미심쩍어서…… 그래서 저에게 확인해 보고 싶은 건 아닙니까?"

"……."

"또한 제가 방금 말했듯이 수백 년을 들키지 않고 살아온 자들입니다. 그런 이들이 명명백백한 증거들을 남겼다니까…… 묘한 거부감이 드는군요."

"……."

"식상한 질문을 빙봉께 해 보겠습니다."

모용린은 입술을 꾹 깨문 채 고개를 끄덕였다. 천류영이 물었다.

"그 증거. 정말 확실한 겁니까? 그러니까 내 말은 아직 맹 수뇌부에 말할 정도는 아니더라도 나름 구체적인 것이냐는 의미입니다."

모용린의 아미가 구겨졌다. 그녀는 약간 흘기듯 천류영을 쏘아보며 말했다.

"그래요. 정말 어렵게 그리고 우연이라는 행운도 겹치면서 찾아낸 거예요. 시신을 수거해 가는 무리들의 이동 경로, 강시견과 철강시로 보이는 사체까지 확보했어요."

천류영이 손으로 자신의 턱을 한 차례 쓰다듬다가 말했다.

"우연이라는 행운도 겹쳤다?"

"그래요."

"흠, 하필 왜 빙봉께서 조사에 착수한 다음에 그런 행운이 생겼을까요?"

모용린은 당황하다가 입술을 깨물고 답했다.

"포기하지 않고 그들의 꼬리를 추적했으니까 행운도 따라오는 거죠."

"설득력이 별로 없다는 거, 아시죠?"

"……."

"빙봉답지 않습니다. 물론 사람이 어떤 한 가지 목표를 설정하고 그것을 쫓다 보면 전혀 다른 것마저 자신의 관심거리와 맞물린다는 생각을 하기 쉽지요. 일종의 직업병과 마찬가지로. 그러니 상대가 마음먹고 그런 사람의 심리를 역이용하면 아주 위험해질 수 있습니다."

"……."

"하나의 목표에만 전력투구하는 사람처럼 이용하기 쉬운 사람은 없습니다. 사기를 잘 당하는 사람들은 어떤 것에 잘 빠져들고 미치는 사람들이죠. 내가 배교의 교주라면…… 자신의 꼬리를 잡기 위해 매진하는 빙봉을 이용할 가능성이 큽니다. 그것을 늘 염두에 두셔야 합니다."

모용린은 주먹을 쥐고 반박했다.

"배교는 아직 우리가 그들의 존재를 알고 있다는 사실을 몰라요. 또한 나는 아주 은밀하게 그들의 흔적을 추적했어요."

천류영은 침묵했다. 굳이 대꾸할 필요성을 느끼지 않은 것이다. 그러자 모용린의 고개가 서서히 밑으로 떨어졌다.

"그래요. 확신할 수 없네요. 그들은…… 내가 쫓고 있다는 것을 알고 있을지도……. 희박하지만 그럴 수도 있지요."

그제야 천류영이 미소를 머금으며 입을 열었다.

"방향을 바꿔서 질문을 해 보죠. 증거니 뭐니 하는 것은 다 지우고 가장 큰 것만 보죠. 너무 꼬고 어렵게만 생각할 필요 있겠습니까? 조금 떨어져서 크게, 상식적으로 추정해 보죠."

"……?"

"빙봉이 배교의 교주라면 하남성 북쪽에 근거지를 두겠

습니까? 아주 사소한 실수로도 오랫동안 지켜 온 염원이 물거품이 될 위험이 지극히 큰 그곳에?"

모용린의 눈동자가 거칠게 흔들렸다.

그렇다. 바로 그 점이 모용린으로 하여금 계속 가슴 한 구석을 찜찜하게 만들고 있었던 것이다.

천류영은 수건으로 목을 닦으며 말을 이었다.

"빙봉께서 저에게 똑같은 질문을 해 주십시오."

모용린은 깊은 한숨을 뱉고는 말했다.

"천 공자가 배교 교주라면…… 하남성 북쪽에 근거지를 두겠어요?"

천류영이 고개를 강하게 저었다.

"절대 안 합니다."

모용린은 그런 천류영의 대답에 반박할 수가 없었다. 절로 쓴웃음이 입가에 드리웠다. 천류영은 그런 모용린을 보며 말했다.

"굳이 한다면 속임수용으로 비밀 분타를 낼 수는 있겠지요. 그렇다면 여러 용도로 써먹을 수 있으니까요."

흥미로운 표정으로 지켜보던 독고설이 끼어들었다.

"어떤 용도로요?"

"예를 들면 배교의 진짜 본거지인 총타가 노출될 위험에 처했을 때, 그 비밀 분타를 먼저 터트려 관심을 이동시킬 수 있죠. 도박을 하면 버리는 패도 필요한 법입니다.

그것으로 상대를 속일 수 있기 때문이죠."

"그렇군요."

"예. 만약 그 도박판이 아주 크다면 버리는 패는 선택이 아니라 필수가 됩니다. 어떤 패를 숨기고 간직하느냐보단 어떤 패를 버리면서 상대가 그 패를 주목하게 만드느냐가 더 중요한 겁니다."

"이해가 돼요."

"비밀 분타는 정보를 수집하는 데 활용할 수도 있습니다. 또한 작전을 수행하는 배교도들이 하남성에서 잠깐 머물 수 있는 장소로 활용할 수도 있겠죠."

"……."

"찬찬히 생각해 보면 무궁무진하게 쓰일 수 있습니다. 진짜를 지켜야만 하는 비밀조직에게 가짜는 그렇게 쓸모가 많습니다."

마차가 조금 전부터 속도를 줄이더니 이내 멈췄다. 군산도 안에 들어와 무림맹 총타의 정문에 다다른 것이다.

정문을 지키던 무사들 중 한 명이 마차 밖에서 정중한 어조로 말했다.

"잠시 확인 좀 부탁드리겠습니다."

모용린이 마차 문을 열며 대꾸했다.

"그러세요."

"우군사님. 실례하겠습니다."

그는 깍듯이 예를 취하고는 마차 내부를 둘러보았다. 그가 천류영과 독고설을 보며 누구냐고 묻기도 전에 모용린이 말했다.

"사군사, 무림서생 천류영 공자와 독고세가의 검봉 독고설이에요."

"아! 그렇군요."

그는 자신도 모르게 나직한 탄성을 흘리고는 미소로 말했다.

"사천의 영웅들을 뵈어 영광입니다."

그가 천류영과 독고설에게서 눈을 떼지 못하다가 모용린의 차가운 시선을 느끼고는 황급히 물러났다.

"협조해 주셔서 감사합니다."

모용린은 마차 문을 닫았다. 그러자 명패를 꺼내려던 천류영은 입맛을 다시며 물었다.

"이거로 끝입니까? 조금 허술한 느낌이 드는데요?"

모용린이 의자에 등을 기대며 대꾸했다.

"이건 고위급만 탈 수 있는 황금마차니까요. 그리고 오늘 무림맹을 방문할 사람 중 귀인들은 이미 용모파기로 얼굴을 익히고 있어요."

"그렇군요."

정문이 열리는 소리가 들리고 마차가 느린 속도로 다시 움직이기 시작했다. 천류영은 마차의 창을 통해서 무림맹 총타 내부의 모습을 보며 혀를 내둘렀다.

거대한 전각들이 끝없이 펼쳐져 있었다. 그리고 거리를 거니는 많은 사람들은 한눈에 봐도 당당하고 강해 보였다.

"저 같이 처음 방문하는 사람은 길 잃기 딱 좋겠군요."

독고설이 천류영의 옆구리를 툭 치고는 살짝 째려봤다.

"지금 그런 걸 구경할 때에요? 꺼낸 애기는 마무리를 지어야죠."

천류영은 창밖을 보며 말했다.

"만약 빙봉이 지금과 같은 방법으로 계속 배교의 꼬리를 추적해 간다면…… 그리고 그 가짜 분타가 드러나기 직전까지 이른다면……."

"……?"

"소림사(少林寺)."

"예?"

"제가 배교주라면 소림사를 노릴 겁니다."

모용린과 독고설은 천류영의 말에 침을 삼키며 침묵했다. 천류영은 여전히 창밖을 보며 말했다.

"그래요. 소림사가 좋아요. 개방은…… 위험하다 싶으면 사방팔방으로 흩어지고 동시에 딱히 지킬 건물도 없죠. 하지만 소림사는 유구한 역사를 자랑하는 사문을 지키기 위해 끝까지 싸울 테니까. 또한 상징성도 소림사가 더 크죠."

“…….”

“배교는 소림사에 적지 않은 타격을 입히고 무너짐으로써 자신들의 존재를 지울 겁니다. 이제 배교는 끝났다라고. 그렇게 사람들이 안심할 때 뒤통수를 치면 무림의 혼란은 가중될 겁니다.”

천류영은 창밖에서 시선을 거두고 모용린과 독고설을 번갈아 보며 싱긋 웃고는 말했다.

“제가 배교주라면…… 이라는 소설이었습니다.”

두 여인은 아무 대꾸도 하지 않았다. 그러나 똑같은 생각을 했다.

왠지 소설로 끝나지 않을 수도 있다는 불길한 예감이었다. 그건 상상만으로도 섬뜩한 것이었다.

모용린이 잠깐의 침묵을 깨고 말했다.

“만약 방금 말한 천 공자의 소설이 사실이라면 어떻게 대처하는 게 좋을까요?”

천류영의 이맛살이 갑자기 찌푸려졌다. 그는 모용린을 직시하다가 답했다.

“당신은 빙봉 모용린입니다.”

“…….”

“전에도 한 번 말했지만 스스로를 과소평가하지 마세요.”

“천 공자…….”

"모든 가능성을 열어 두고 크고 넓게 보세요. 당신이 할 수 있는 최선을 다하세요. 그러면 됩니다. 실패한다면 그건 당신 잘못이 아닙니다. 우린 신이 아닌 사람이니까요."

천류영은 모용린이 청성파에서 저지른 실수를 잊지 못하고 있다는 사실을 지적했다. 그 실수를 다시 할까 봐 배교를 쫓는 일에 지나치게 몰두하는 것도 언급한 것이다.

덜컹.

마차바퀴가 돌부리에 걸렸는지 마차가 살짝 흔들렸다. 그리고 다시 조용히 그리고 천천히 달렸다.

모용린은 천류영을 가만히 보다가 피식 웃었다. 그리고 독고설을 향해 고개를 돌리고 말했다.

"설아."

"응?"

"이 남자. 갖고 싶다. 양보 못하겠지?"

천류영이 '컥!' 소리를 내더니 사례가 들려 기침을 해 댔다.

독고설이 천류영의 등을 손으로 툭툭 치면서 모용린을 노려보며 웃었다.

"미안. 내 꺼야."

"쿨럭!"

멈추려던 천류영의 기침이 다시 튀어나왔다. 그 모습에

독고설과 모용린이 웃음을 터트렸다.

그렇게 웃던 모용린이 창밖을 보며 입을 열었다.

"이제 곧 내려야 할 거예요."

그녀의 말에 독고설이 물었다.

"천 공자를 마차에 태운 용건이 두 가지라고 하지 않았어요?"

"지금 그 두 번째 얘기를 하려고."

그녀는 천류영을 보며 말을 이었다.

"하늘이 버린 땅, 절강성에 가실 거죠? 하늘이 버렸는데 사람마저 버릴 수는 없으니까."

예전 천류영이 한 말을 모용린이 얘기했다. 천류영은 쓰게 웃고는 고개를 주억거렸다.

"예. 그러기 위해서 이곳에 들른 겁니다. 정식 임명장을 받아야 하니까."

"우선 이 점은 기억해 두세요. 천 공자는 마차에서 내리면 무림맹주와 총군사를 포함한 이곳의 수뇌부가 모인 곳으로 인도될 거예요. 그리고 그곳에서 절강성으로 가겠다고 하면 미운 털이 박힐 겁니다."

천류영은 고개를 주억거리며 대꾸했다.

"알겠습니다."

"좋아요. 그럼 본론을 얘기하죠. 절강성에 의미심장한 변화가 일고 있어요."

"……?"

"사오주 절강 지부에 문상(文相) 야월화가 모습을 드러냈어요. 그녀에 대한 소문은 들어 본 적 있죠?"

독고설의 표정이 굳어 가는 반면에 천류영은 담담한 얼굴로 답했다.

"풍문으로도 들어 봤고, 이번에 공부하면서도 눈여겨봤습니다. 그러니까…… 문상 야월화는 정파 무림으로 치면 총군사나 빙봉과 같은 사람이죠. 스물여덟 살의 천재 책사. 사오주를 실질적으로 이끄는 인물. 그리고 사파제일화라는 별호도 가지고 있을 만큼 대단한 미모의 소유자."

독고설이 첨언했다.

"그리고 전갈처럼 사악하고 냉정한 철의 여인. 목적을 위해서라면 수단과 방법을 가리지 않는 인물."

모용린이 천류영과 독고설을 번갈아 보며 말을 받았다.

"그녀가 사오주 절강 지부를 바꾸고 있어요. 아직 은밀하게 움직이고 있지만……."

독고설이 긴장한 기색으로 물었다.

"어떻게 바꾸고 있는데?"

"고수로 보이는 이들이 눈에 띄게 늘고 있어."

독고설은 자신도 모르게 손을 들어 가슴에 댔다. 불길한 생각이 들었다. 그녀는 고개를 돌려 천류영을 보았다.

그는 여전히 담담한 표정이었다.

모용린은 천류영을 보며 말했다.

"그리고 현(現) 절강 지부장이 물러나고 새로운 사람이 두세 달 안에 올 것이라는 얘기가 흘러나오고 있어요."

천류영은 귀밑머리를 긁적이며 말했다.

"사오주의 최고위층에 있는 거물이겠군요."

모용린이 고개를 끄덕였다.

"예. 그러니까 문상 야월화가 먼저 움직여 그 거물이 당도하면 일을 시작할 수 있게 준비를 하는 거겠지요."

독고설이 숨을 죽이고 끼어들었다.

"무슨 일?"

독고설이 물었으나 모용린은 대꾸하지 않았다. 결국 독고설은 천류영을 향해 물었다.

"그 거물이 무슨 일을 하려는 걸까요?"

천류영이 묘한 미소를 짓고는 말했다.

"판을 흔들려는 겁니다."

"판을 흔들어요?"

"정파에 계속 밀리고 있는 사오주가 마침내 칼을 뽑으려나 봅니다."

독고설은 아연한 얼굴로 탄식하듯이 말했다.

"아아아, 빌어먹을! 왜 하필 지금? 그것도 왜 하필 절강성이죠?"

모용린은 천류영을 주시하며 독고설의 말을 받았다.

"그러게."

두 여인의 시선이 천류영에게서 떨어지지 않았다. 독고설이 물었다.

"혹시 이런 상황에 대한 대비책을 세워 두었나요?"

천류영이 눈을 껌뻑거리다가 고개를 저었다.

"생각도 못했습니다."

독고설은 이를 악물었다가 답답한 표정으로 말했다.

"그런데 왜 그렇게 담담한 표정이에요? 이건 지금 긴장하고 경계해야 될 일이잖아요."

천류영이 귀밑머리를 긁적거리다가 피식 웃었다.

"그게 그렇게 되나요? 그렇군요."

"어휴. 이럴 때 보면 정말 똑똑한 사람인지 의심이 든다니까."

독고설은 기가 막혀 주먹으로 가슴을 쳤다. 모용린이 걱정스러운 표정으로 입을 열었다.

"천 공자의 마음은 잘 알아요. 고통 받고 있을 백성들에게 조금이라도 빨리 도움을 주고 싶은 심정. 하지만 지금은 잠시 관망할 때가 아닐까요?"

독고설이 맞장구를 쳤다.

"그렇지!"

모용린이 계속 말했다.

"일단 몇 달간 이곳 백현각에서 머물면서 사오주 절강성 지부로 어떤 인물이 오는지, 그리고 그자가 어떤 움직임을 보이는지 살핀 다음에 움직이는 것이 현명하다고 생각해요."

마차가 멈췄다.

창밖으로 무림맹주 검황과 총군사 제갈천을 포함한 거물들이 보였다.

천류영은 두 여인을 향해 말했다.

"이번에 두려워 망설이면 다음이라고 나아갈 수 있을까요?"

"……."

"처음이 중요합니다. 어려운 곳, 두려운 곳을 한 번 피하면 다음에도 쉽게 그런 선택을 하게 될 겁니다."

"……."

"누군가는 해야 할 일입니다. 그리고 나는 그 무거운 짐을 피하려고 무림에 출사한 것이 아닙니다. 큰 힘에는 큰 책임이 따르듯이, 높은 자리엔 책임과 더불어 희생이 필요하다고 믿습니다."

삐걱.

천류영은 마차 문을 열며 말을 이었다.

"나는 지금 전진을 선택했고, 계속 앞으로 나아갈 겁니다."

2

천류영을 따라 마차에서 내리려던 모용린과 독고설의
몸이 흠칫 떨렸다.

검봉은 나중에, 독고세가의 사람들과 함께 인사를 나누
자는 전음이 들린 것이다.

제갈천 총군사의 전음.

독고설의 아미가 일그러졌다.

솔직히 윗사람 눈치 안 보고 할 말은 하는, 사문에서는
천둥벌거숭이라고까지 불리는 자신도 주눅이 들 정도로
많은 거물들이 나와 있었다.

무림맹주 검황 단백우, 무림맹 총군사 제갈천, 좌군사
목이내.

무당파 태상장로 검존(劍尊), 산동의 삼대고수 도왕(刀
王), 소림사의 무현대사.

십대고수인 대종(大宗) 장일주와 태검(太劍) 왕유숙 등
등, 이름만으로 천하를 울리는 어마어마한 명숙들 이십여
명.

이런 자리에 천류영을 홀로 보낸다는 것이 걱정스러웠
다.

그녀가 총군사의 명에 반발해 나가려는 것을 마차에서

내린 모용린이 막으며 나직하게 말했다.

"너는 다음에 인사드리자."

"언니."

"그렇게 해. 천 공자는 강호의 신성(新星)이야. 그것도 전례를 찾기 어려운 아주 희귀한 경우지. 그러니 명숙들께서는 방해받지 않고 천 공자를 제대로 알고 싶은 것이고. 충분히 있을 수 있는 일이잖아."

"하지만……."

그녀는 말을 잇지 못했다. 천류영이 뒤돌아서 자신을 보며 미소 지었기에. 그는 두 여인의 짧은 대화로 상황을 간파했다.

천류영이 독고설에게 말했다.

"독고 소저, 저는 어린아이가 아닙니다."

그 짧은 말에 독고설은 충격을 받았다. 문득 아버지가 한 말이 떠올랐다.

천류영을 치마폭에 감싸고 망칠 수 있다고 한 말이. 당시 그 말을 들었을 때는 말도 안 된다고 생각했다.

자신은 천류영을 위해서라면 무엇이든지 해 주고 싶었고, 무엇이라도 할 수 있었다. 하지만 이런 마음을 행동으로 너무 과하게 드러내면 그가 불편할 수도 있겠다는 생각이 불쑥 들었다.

천류영이 부드러운 어조로 말을 이었다.

"이곳은 무림맹 총타입니다. 그러니 소저께서는 이곳에 서나마 호위의 부담을 내려놓으세요."

독고설은 여러 가지 감정을 동시에 느꼈다.

그를 믿어야 한다는 마음과 왠지 모를 서운함, 그리고 자신의 그를 향한 사랑이 용암처럼 뜨거울지는 몰라도 성숙하지는 않다는 생각까지.

찰나의 순간, 몇몇 장면들이 뇌리를 스쳤다.

천류영, 그를 위해서 했던 말과 행동들이 오히려 그를 불편하게 하고 상처를 줬을 수도 있다는 것에 생각이 미쳤다.

그리고 깨달았다.

이 사람은 자신의 이런 언행들을 미소로 지켜봐 주고 있었다는 것을.

그는 어른스러웠고 자신은 풋내기였다. 적어도 사랑에 관한한.

그녀는 입가에 어린 쓴 미소를 지우고 밝게 말했다.

"예. 알았어요. 그렇게 할게요."

"그럼 먼저 가 계십시오."

"천 공자."

"예?"

"고마워요."

천류영은 어리둥절한 모습으로 물었다.

"뭐가 말입니까?"

"많이 모자라고 서투른 나를 좋아해 줘서요."

"……?"

천류영은 어안이 벙벙해졌다.

그 말은 자신이 해야 할 말이 아닌가?

그리고 왜 갑자기 이런 말을 꺼내는지 영문을 알 수가 없었다.

독고설이 주먹을 불끈 쥐며 말을 이었다.

"힘내세요. 당신은 무림서생 천류영이에요."

"……."

"당신을 죽이려는 마교의 무시무시한 고수들 앞에서도 당당했던 남자죠."

이 말은 무슨 의미인지 알았다. 그렇기에 천류영은 빙그레 웃었다. 독고설도 한쪽 눈을 찡긋하며 미소 지었다.

그런 둘의 모습에 모용린은 기가 막혀서 속으로 한숨을 삼키고는 마차 문을 쾅 닫았다.

결국 황금마차는 천류영과 모용린만 내려놓고 다시 이동했다.

천류영은 멀어지는 마차를 보면서 잠시 심호흡을 했다. 그리고 돌아섰다.

삼십여 개의 화강암 계단 위.

고풍스러운 십층 전각을 뒤로 하고 정문에 서 있는 이

십여 명의 거물들.

천류영은 앞으로 움직여 계단을 오르고는 자신을 뚫어 지게 주시하는 명숙들을 향해 읍했다.

"무림서생 천류영입니다."

모두 만면에 미소를 머금고 있었다. 하지만 그들의 눈은 바다처럼 깊게 가라앉은 채 천류영을 날카롭게 관찰하고 있었다.

천류영은 자신의 심장을 쩌릿하게 만들 정도의 압박감을 느꼈다.

앞에 있는 거물들이 내공을 일으킨 건 아니었다. 하지만 그들은 존재만으로도 주변의 공기를 무겁게 짓누르고 있었다.

사실 이들을 향해 계단을 오르는 것조차 결코 쉬운 일이 아니었다. 한 계단, 한 계단 오를 때마다 바위처럼 묵직한 위압감이 천류영의 어깨를 누르는 듯했다.

빙봉이 특유의 차가운 얼굴로 천류영 오른쪽에 서서 입을 열었다.

"천 공자, 제가 소개를 해 드리죠."

딱딱한 사무적인 어조다. 그녀의 말투에 제갈천 총군사나 목이내 좌군사 등 몇 명이 묘한 표정을 지었다.

그들은 천류영과 모용린의 관계에 대해 궁금증을 가지고 있었다. 모용린이 천류영에 관한 보고서를 두루뭉술하게 보내 온 이후부터.

제갈천이 웃음과 함께 말했다.

"허허허, 우군사는 사천에서 무림서생과 친하게 지내지 않았었나?"

모용린은 표정 하나 변하지 않고 답했다.

"총군사님, 저와 무림서생은 마교를 상대하기 위해 힘을 합쳤을 뿐입니다. 친분을 쌓을 일은 없었습니다."

"그런가? 우리 우군사는 너무 공사 구분이 철저해서 걱정이야. 사람이 사람을 만날 때는……. 아! 이런, 소개도 하기 전에 쓸데없는 말을 늘어놓았군."

제갈천은 사람 좋은 얼굴로 자책하는 표정을 지었다. 그때 검황 단백우가 나섰다.

"오늘에서야 사천의 영웅들 꼭대기에 이름을 올려놓은 무림서생을 보게 되는군. 반갑네."

모용린이 소개를 하려는데 천류영이 미소를 머금고 포권을 취했다.

"마중을 나오실 줄은 생각도 못했습니다. 먼 길을 오다 보니 행색이 누추한 점 이해해 주십시오. 맹주님."

단백우가 눈을 동그랗게 뜨며 물었다.

"호오, 나를 본 적이 있나?"

"용모파기집으로 보았습니다. 실물이 훨씬 훤칠하셔서 잠시 긴가민가했습니다."

천류영의 아부성 짙은 말로 인해 잠깐의 침묵이 피어났다가 단백우의 웃음으로 사라졌다.

"하하하, 천 공자는 목소리뿐만 아니라 말하는 내용도 예사롭지 않군. 한 마디 말로써 나를 구름 위로 올려 버렸어."

천류영을 지켜보는 거물들의 표정이 엇갈렸다.

누구는 대놓고 아부를 하는 천류영을 고깝게 보았고, 다른 누구는 이리 많은 명숙들 앞에서 전혀 주눅 들지 않는 여유로움에 주목했다.

그런 천류영을 보는 제갈천의 눈에 기광이 스치고 지나갔다. 그는 묘한 미소를 머금고 말했다.

"허허허, 용모파기집으로 익혔다? 그럼 굳이 빙봉이 소개시킬 필요 없이 자네가 직접 인사를 나누는 건 어떻겠나?"

지나가는 듯 말하는, 별 거 아닌 것 같은 제안이다. 하지만 결코 별 거 아닌 것이 아니다.

천 명이 넘는 유명인사들을 용모파기로 익혔을 것이다. 당연히 용모파기집을 직접 보면서 확인하는 것이 아닌 이상 실수하기 쉬웠다.

뛰어난 관찰력과 담대함이 요구되는 일이었다.

아니, 그것만으로도 충분하지 않았다. 지금 이 자리에 나와 있는 거물들 중 몇몇은 유통되고 있는 용모파기집에 있는 초상화와 적지 않은 차이가 있었다.

수염을 깎은 이도 있고 더 기른 이도 있었다. 무공의 경지가 깊어져 훨씬 더 젊게 보이는 인물도 있었다. 상처가 생겨 인상이 변한 사람도 있었다.

어려운 것을 넘어 사실상 불가능한 일이었다.

모용린은 어금니를 깨물었다.

첫 만남부터 천류영을 파악하려는 시험이 시작된 것이다. 아니, 이건 단순한 시험이 아니다. 망신을 주려는 흉계다.

만약 천류영이 이런 어려움을 간파하고 거절한다면? 그래서 자신에게 소개를 부탁한다면?

그럼 남은 명숙들이 우습게 되어 버린다. 맹주를 비롯한 일부의 얼굴만 익힌 것으로 생각할 수 있기에.

이건…… 어떤 선택을 하건 천류영에겐 실(失)밖에 없는, 아주 교묘한 제안이었다.

이십여 명의 거물들도 제갈천이 던진 질문이 갖는 의미를 간파하고는 호기심 어린 눈빛으로 천류영을 주시했다.

무림서생 천류영은 어떤 선택을 할 것인가?

제갈천이 웃는 얼굴로 다시 물었다.

"허허허, 만약 어려우면 그냥 우군사에게 소개를 부탁하게나."

지켜보는 모용린은 숨이 막혀 왔다. 이러지도 못하고

저러지도 못할 천류영이 안쓰러웠다. 하지만 자신이 나설 수도 없는 일이었다.

천류영이 첫인상을 좋게 하기 위해 맹주에게 한 덕담이 빠져나올 수 없는 올무가 되어 버린 꼴이었다.

무림서생은 차기 총군사의 재목으로까지 이름을 날리고 있었다. 그에 대한 총군사의 위기 의식이었을까? 그 정도는 아닐 것이다. 그렇다면 사천 전투에서 보여 준 그의 능력에 대한 질투나 호승심이었을까?

그 어떤 것이든지 제갈천은 천류영을 일단 망신 주면서 길들이려는 작정을 한 것이었다.

기실 많은 조직의 상관들은 수하가 똑똑하기를 원하지만 자신을 훨씬 능가하는 걸 바라지 않는 것과 같은 이치였다.

모용린은 쓴웃음을 삼키며 천류영을 보았다. 그런데 곤혹스러워하고 있어야 할 그가 묘한 미소를 짓고 있는 것이 아닌가?

천류영은 빙그레 웃으며 제갈천을 보다가 고개를 숙였다.

"저를 믿어 주시니 감사합니다."

"응?"

제갈천이 떨떠름한 표정으로 눈을 치켜뜨자 천류영이 귀밑머리를 긁적거리며 말했다.

"저는 백현각의 사군사입니다. 총군사님께서 저를 믿고 임명해 주셨지요. 그런데 조금 어렵다고 물러설 수야 없지 않겠습니까?"

제갈천의 얼굴이 굳었다. 천류영의 감미로운 중저음이 이어졌다.

"백현각의 수장이신 총군사님의 얼굴에 먹칠하지 않도록 잘해 보겠습니다."

순간 모용린은 웃음이 터질 뻔한 것을 간신히 참았다.

말 한 마디로 천 냥 빚을 갚는다고 했던가?

천류영은 한 마디 말로 이 난감한 양자택일의 문제를 진창으로 만들어 버렸다.

천류영 개인뿐만 아니라 총군사 그리고 더 나아가 백현각의 명예까지 끌어들인 것이다.

천류영이 아무리 유명세를 타고 있어도 무림 초짜다. 약간 망신을 당한다고 해도 그럴 수 있는 일이다.

하지만 총군사나 백현각의 명예는 다른 문제다. 그건 반드시 지켜져야 하는 것이다.

비교할 수도 없는 것들이 천류영의 말 한 마디에 뒤섞여 버린 것이다.

천류영은 약간 긴장이 된다는 얼굴로 명숙들을 훑어보며 계속 말했다.

"혹여 제가 실수를 하더라도 총군사님과 백현각의 명예

를 생각하셔서 너무 많이 나무라지는 마시길 부탁드립니다."

결연해 보이기까지 한 그의 얼굴.

그건 총군사와 백현각의 명예가 자신의 손에 달렸다는 것을 느끼는, 부담감으로 긴장된 표정이었다. 이런 그의 연기에 모용린은 웃음을 참느라 입술까지 깨물어야 했다.

이십여 명숙들의 눈에 이채가 스쳤다. 그들의 입가에 묘한 미소가 맺혔다. 어떤 이는 제법이라는 느낌의 감탄스러운 미소였고, 어떤 이는 불쾌하다는 기색이었다.

하지만 그들 모두 이 사소한 시험으로 총군사나 백현각의 명성에 금이 가는 것은 원하지 않았다.

결국 그들은 자신들이 나서야 한다는 것을 알았다.

도왕이 입을 열었다.

"산동 땅을 돌아다니다가 요즘 이곳에 눌러앉은 도왕이네. 만나서 반갑네."

"뵙게 되어 영광입니다."

높은 곳에서 내려다보는, 관망자 겸 관찰자의 입장이던 명숙들을 천류영은 같은 눈높이로 끌어내린 것이다.

"허허허, 대종 장일주라고 하네."

"명성을 귀가 따갑게 들었습니다."

"검존이네."

명숙들은 제갈천과 백현각의 체면을 세워 줘야 하기에

먼저 천류영에게 다가와 손을 내밀었다.

그렇게 모두 인사를 마치자 검황 단백우가 천류영에게 다가왔다.

"자, 이제 안으로 들어가서 사군사 정식 임명식을 치르세. 그리고 차라도 한잔 마시면서 얘기를 나누고. 이곳의 은침차(銀針茶)는 맛과 향기가 좋기로 아주 유명하지."

"군산 은침차를 본 적이 있습니다. 하지만 워낙 귀한 차라 마셔 본 적은 없었는데 오늘 운이 좋은가 봅니다."

"하하하. 내 자네를 만난 인연으로 두둑이 챙겨 주겠네."

그러는 동안 제갈천은 입술만 잘근잘근 깨물었다. 목이 내 좌군사는 그런 제갈천과 천류영을 번갈아 보며 기이한 눈빛을 뿌렸다.

삼층 접견실에서 이십여 명숙들이 지켜보는 가운데 사군사 임명식이 진행됐다.

정식으로 무림맹 백현각의 사군사 된 천류영은 자신을 지켜보는 명숙들 앞에서 고개를 숙이고 소감을 말했다.

"여러모로 부족한 저에게 이런 자리를 허락해 주셔서 감사합니다."

그리고…… 끝이었다.

사람들은 기가 막혀 픽픽 실소를 흘렸다.

그러나 은침차가 나오고 담소가 이어지며 차츰 분위기가 나아졌다. 기실 화제의 인물인 천류영이 궁금해 많은 명숙들이 모인 자리였다.

그렇지 않았다면 백현각에서 제갈천과 몇 명의 책사들만 참석하고 끝났을 것이리라.

명숙들은 서로의 근황을 물으며 웃음꽃을 피웠고, 때로는 마교나 무림의 동향에 대해 진지한 얘기를 나누기도 했다.

그렇게 슬슬 마칠 시간이 다가오자 검황 단백우가 자신의 옆에 앉아 있는 천류영에게 말을 건넸다.

"사실 오늘 자리의 주인공은 자네인데 별말이 없군. 심심하지 않았나?"

"강호에 입문한 지 고작 반년이 지났습니다. 지금 저는 나누시는 대화를 듣는 것만으로도 충분히 흥미롭습니다."

"하하하. 자네가 그렇게 생각해 준다면 고마운 일이지."

그는 남은 은침차를 마저 비우고는 아쉬운 표정을 지으며 말했다.

"사천에서 말이네."

"예."

"그곳의 전투에서 보여 준 자네의 능력은 매우 인상적이었어. 비록 보고서로밖에 보지 못했지만 워낙 빙봉 우군사가 정리를 잘해 줘서 마치 옆에서 본 것처럼 생생했네."

천류영은 긴 탁자의 반대쪽 끝에 앉아 있는 모용린을 흘낏 보았다가 다시 검황을 보며 대꾸했다.

"보고서뿐만 아니라 사천 전투에서도 빙봉의 도움을 많이 받았습니다."

"하하하. 겸손한 친구군. 그래, 그래야지. 어쨌든 자네의 용병술은 아주 인상적이었어."

많은 명숙들이 고개를 끄덕이며 동감한다는 표정을 지었다. 검황은 비어진 찻잔을 손으로 만지작거리며 말을 이었다.

"흠, 사실 나는 마교와 흑천련 무리들을 손수 상대하고 싶었다네. 내가 사천 분타에 있었다면 천마검 따위에게 분타를 내주지도 않았을 터이고. 그렇다면 아미파나 청성파를 비롯해 정파 무림에 피해도 없었을 터인데."

천류영의 눈가가 살짝 찌푸려졌다. 단백우의 말이 이어졌다.

"지나간 일이니 어쩔 수 없지만 안타까운 일이지. 내가 사천 분타에 있었어야 했는데……. 안 그런가? 아! 만약 그랬다면 자네로서는 불행이었겠군. 천마검 따위야 내가 쓸어버렸을 테니 자네는 이리 출세할 기회를 잡지 못했을 것 아닌가? 하하하."

단백우는 천류영의 어깨를 툭툭 치며 웃음을 터트렸다. 명숙들도 미소를 머금었다.

그러나 천류영은 정색하고는 대꾸했다.

"천마검은…… 따위로 불릴 인물이 아닙니다."

3

천류영의 말은 좌중으로 하여금 깊은 침묵을 불러일으 켰다. 그들은 놀라 자신의 귀를 의심하느라 반응이 늦었 던 것이다.

모용린은 '설마?'라는 생각으로 숨을 들이켰다. 그녀 는 천류영이 정파인들과는 달리 마교도들에게 배타적이지 않다는 것을 이미 눈치채고 있었다. 특히나 천마검에게는 더더욱.

단백우는 황당하다는 표정으로 천류영을 보았다.

어느새 그의 얼굴에 만연하던 웃음은 자취도 없이 사라 져 버렸다. 그의 좁은 이마가 주름으로 구겨졌다.

잠깐의 정적을 깨고 단백우가 물었다.

"그건 무슨 말인가? 천마검은 따위로 불릴 인물이 아니 라니?"

정파인이라면 누구나 마교에 민감하다. 그렇기에 천류 영을 바라보는 시선은 더없이 싸늘해졌다.

단백우가 고개를 갸웃거리며 거듭 물었다.

"같은 마교도에 배신당해 죽은 한심한 놈이다. 맹주인 내가 그런 자를 따위로 부르는 게 천 공자는 기분이 나쁘다는 건가? 자네는……."

그는 잠시 말을 끌었다. 불쑥 뇌리를 스치는 생각이 있었고 그 생각을 질문했다.

"자네가 이긴 자를 격하시키는 게 마음에 들지 않는 건가?"

그의 물음에 대부분의 사람들이 쓴웃음을 깨물며 고개를 주억거렸다.

천마검이 대단해야 그를 이긴 무림서생의 가치가 더 올라가는 이치였다.

모용린은 등줄기에 식은땀이 맺히는 것을 느끼며 안도의 한숨을 삼켰다. 다행스럽게도 맹주가 던진 질문으로 상황이 수습되고 있었다.

하지만 천류영을 노려보듯 바라보는 도왕은 언짢은 기색으로 말을 받았다.

"천 공자, 한 가지 충고를 해 주겠네. 적을 높여 자네가 더 높아지려는 야망은 이해해. 젊으니까. 하지만 지나친 출세욕으로 금기를 깨는 건 곤란하네."

천류영은 입맛을 다시며 입을 열었다.

"저는……."

하지만 도왕의 말은 끝난 것이 아니었다.

"할 말이 남았네. 잘 듣게. 마교는 한 놈도 남김없이 처리해야 할 쓰레기들이야. 자네의 욕망을 채우기 위해 그들을 높이는 짓은 앞으로 평생 하지 말아야 할 거네."

천류영은 그런 도왕을 담담히 마주 보았다.

산동 땅을 호령하는 세 명의 최고수 중 한 명.

왠지 모르게 실소가 나오려고 했다. 예전 같았으면 감히 쳐다볼 수도 없는 사람이었다. 잘못 혀를 놀렸다가는 목이 날아갈 수도 있었다.

그리고 지금도 그런 인물을 상대로 반발하는 건 여전히 어려운 일이었다.

그럼에도 천류영은 입을 열었다. 왜냐하면 상대가 두렵다고 자신이 침묵하면 안 되기 때문이다.

높은 자리에 있는 사람이 더 높은 권력과 힘을 가진 사람을 두려워하면 아래 있는 사람들은 아무것도 할 수 없게 된다. 언로(言路)가 막히면 조직은 눈치 보기로 일관하다가 썩어 버린다.

"도왕님."

"……?"

"그래도 천마검은 따위로 불릴 인물이 아닙니다."

도왕의 얼굴이 사나워졌다.

"자네……."

천류영은 그의 말이 시작되자마자 끊었다.

"천마검은 대단한 호걸이며 불세출의 장수입니다. 또한 초지명 흑랑대주를 비롯한 마교의 여러 장수들 역시 훌륭했습니다. 그들은 용감했으며 죽음을 두려워하지 않는 전사들이었습니다."

모용린은 탄식을 삼키며 눈을 감았다.

검황이나 도왕을 비롯한 거물들이 폭발하려는 모습을 보였다. 계속 굳어 있던 제갈천이 기가 막힌다는 표정으로 눈을 빛냈다.

무현대사가 나직하게 불호를 읊조리는 가운데 천류영의 말이 이어졌다.

"천마검이 따위에 불과하다면, 그리고 마교의 장수들과 무사들이 쓰레기라면, 사천에서 죽어 간 우리 정파의 무사들은 어찌 되겠습니까?"

"……!"

"철혈 사천 분타주를 비롯해 구파일방 중 세 곳인 아미파, 청성파, 점창파의 장문인들께서 목숨을 잃으셨습니다. 두 곳은 봉문까지 했습니다. 마교와 흑천련의 삼천여 선봉에게 배가 넘는 정파인들이 희생되었습니다. 본맹의 현무단도 궤멸에 가까운 타격을 받았습니다."

"……."

천류영은 깊은 한숨을 뱉고는 좌중을 훑으며 고개를 저

었다.

"솔직히 저는 이해가 되지 않습니다. 사천에서의 싸움은 승리가 아니라 사실상 패배입니다. 천마검은 곳곳에서 전투를 승리로 이끌었습니다."

분위기가 무겁게 가라앉는 가운데 천류영의 마지막 말이 이어졌다.

"장수에게 있어서, 세상에 있는 적 중에 가장 무서운 적은 자신 안에 있는 자만심이라고 했습니다. 적을 인정하지 않는 자만심이야말로 가장 경계해야 할 것이라고 생각합니다. 안 그렇습니까?"

*　　　　*　　　　*

모두가 빠져나간 접견실에 천류영과 모용린만 남았다. 천류영을 거처로 데려가기 위해 남은 모용린은 고개를 절레절레 저으며 입을 열었다.

"천 공자, 정말 왜 그러는 거죠?"

천류영이 싱긋 웃고는 그녀가 무슨 말을 하려는지 안다는 표정으로 대꾸했다.

"저와 거리를 두셔야 하는 것 아닙니까? 듣는 귀라도 있으면 어쩌려고 그러십니까?"

"제 판단으로는 안전해요. 하지만 알 수 없는 일이죠.

이곳은 워낙에 대단한 인물들이 많으니까. 그래요. 그런데도 위험을 무릅쓰고 대화를 하려는 건 천 공자가 너무 아슬아슬하다는 거예요."

정말이지 질식할 것만 같은 시간들이었다.

천류영의 폭풍 같은 말이 나온 후, 몇몇 명숙들이 동의를 해 주었기에 다행이었다. 그들은 이렇게 호기로운 청년이 있어야 발전할 수 있다며 천류영을 감싸 주었다.

그러나 상당수는 천류영을 향한 불쾌감을 강렬하게 표출했다.

천류영은 어깨를 으쓱하며 말했다.

"역시 그렇군요."

천류영의 말에 모용린의 이맛살이 찌푸려졌다.

"역시라고요? 무슨 뜻이죠?"

"빙봉께서는 역시 차가운 사람이 아니라는 말입니다. 당신 가슴에 걸린 빗장은 확실히 사천 땅에서 풀린 것 같습니다."

모용린은 어이가 없어졌다. 기가 차서 실소가 나오려는 것을 간신히 참았다. 지금 웃어 버리면 제대로 된 대화를 할 수 없을 테니까.

"설마 저를 시험하려고 총군사를 그렇게 망신 준 건가요? 그것도 모자라 천마검과 마교까지 두둔하고요? 하아아……, 제가 계속 천 공자와 거리를 두고 쌀쌀맞게 구는

지 아닌지 궁금해서 그런 일을 했다는 거예요?"

질문이 쏟아졌다. 그건 그만큼 모용린이 가슴을 졸였다는 뜻이었다.

천류영이 손사래를 치며 멋쩍은 미소를 머금었다.

"설마요."

"그럼 왜 그런 행동을 한 거죠?"

"당신이 아니라 한 자리에 있었던 명숙들을 살핀 겁니다."

"……!"

"저를 경계하거나 싫어하는 분들도 계시고 기특하게 봐주시는 분들도 계셨잖습니까? 빙봉처럼 그 자리에서도 전혀 속내를 드러내지 않는 분들도 계시고. 뭐, 우호적으로 느껴지는 분들이 생각보다는 적지 않아서 만족하고 있습니다."

모용린은 고개를 절레절레 젓다가 깊은 한숨을 내쉬었다.

"벌써부터 편을 구분 짓는 건가요? 아니면 줄서기인가요?"

그녀는 손으로 이마를 짚고는 말을 이었다.

"천 공자는 무림에서 이제 시작하는 사람이에요. 그런데 처음부터 이렇게 적을 만들면 앞으로 어떻게 하려는 거죠? 그들은 앞으로 천 공자의 행보에 사사건건 딴죽을 걸고 방해를 놓을 수 있어요."

모용린은 천류영의 언행이 심히 아쉬웠다.

전장에서 보여 주었던 그의 절대적인 능력과는 달리 이곳에서 보여 주는 정치력은 실망스럽기까지 했다.

이건 자신이 기대한 천류영과는 거리가 멀어도 너무 멀었다.

"제가…… 살려고 그러는 겁니다."

천류영의 입에서 튀어나온 전혀 예상하지 못한 말.

모용린은 순간 자신의 귀를 의심했다. 지금 대체 천류영이 무슨 말을 하는 거지?

그가 말을 이었다.

"지금 저에게 필요한 건 벗이고 동지이기 때문입니다. 저를 기특하게 여기고 도와줄 거물들이 한 명이라도 더 필요하기 때문입니다. 그래야 제가 살 가능성이 높아집니다."

"지금 무슨 말을……."

"살아야겠습니다. 치열하게 도전하다가 안 되면 어쩔 수 없는 일이라고 생각했습니다. 하지만 갑자기 욕심이 생겼습니다."

"욕심요?"

"검봉."

모용린은 찰나 멍한 표정을 지었다가 피식 웃었다. 천

류영이 독고설을 진심으로 생각하고 있다는 것은 진즉 알았지만 이렇게까지 대놓고 말할 단계까지 왔다는 것은 뜻밖이었다.

천류영의 성격으로 보아 먼저 다가섰을 리는 없고 분명 독고설이 마침내 고백을 한 것이리라.

묘한 부러움이 가슴에서 찌르르 일었다. 하지만 지금은 한가하게 그런 얘기를 할 때가 아니었다.

"설이 때문에 더 열심히 살아야겠다는 건가요? 뭐, 뜻은 나쁘지 않지만 방법이 너무 무모하다는 생각은 들지 않던가요? 지금 당신은 동지보다 적을 더 많이 만들었습니다만."

계속되는 잔소리.

그러나 이 잔소리가 진심으로 걱정하기에 나오는 것을 알기에 천류영은 정색하고 답했다.

"위기의 순간에 남는 건 적이 아니라 동지입니다. 어차피 저는 절강성행을 선택함으로써, 저를 불쾌하게 여기거나 고깝게 생각하는 이들이 많다는 것을 알고 있습니다. 그들은 어차피 제가 하려는 개혁이나 여러 가지 일에 반발하고 적대시할 사람들입니다."

"조금 천천히 움직이면서 적을 최소화할 생각은 못했어요? 그러면서 인맥을 넓히면 되잖아요. 특히나 명숙들은 한 명이라도 적으로 만들지 않는 것이 좋아요. 말이 통하지 않아도 뒤로 연결고리는 만들어 두는 게 현명하다는 뜻이에요."

천류영은 귀밑머리를 긁적거리며 고개를 도리질 쳤다.

"그러려면 몇 년은 걸립니다. 하지만 그럴 시간이 없으니까요. 지금은 비상시국 아닌가요?"

모용린의 눈이 커졌다.

"비상시국이라고요?"

"마교는 내년에 재침공을 할 겁니다. 배교도 머지않아 모습을 드러낼 테고요. 과연 지금을 평화로운 시기라고 말할 수 있을까요?"

"……."

"또한 빙봉께서 알려 주었습니다. 사오주가 움직이기 시작했다고. 내년은…… 어쩌면 무림사상 전례를 찾아볼 수 없는, 최악의 해가 될 수 있습니다. 그리고 내년은 이제 보름도 남지 않았습니다."

모용린은 침묵했다. 그러자 천류영이 씁쓸한 얼굴로 말을 이었다.

"역시 빙봉도 정파의 저력을 믿는 거군요. 정파의 전성기라고 불리는 이 시대를."

모용린은 입술을 깨물었다가 고개를 끄덕였다.

"그래요."

"……."

"만약 천마검이 살아 있다면 나 역시 천 공자처럼 긴장했을 거예요. 그의 무서움을 직접 경험했으니까. 하지만 그는 죽었고 그로 인해 가장 경계해야 할 적인 마교는 예전 같지 않아요. 흑천련도 마찬가지죠. 천마검을 따르던 이들이 결국 마교주에게 굴복하긴 했지만 전력으로 협조하진 않을 테니까요. 앙금이 남은 그들은 결코 우리의 상대가 아니에요."

"……"

"작지 않은, 아니, 거대한 폭풍이 오고 있다는 건 알아요. 하지만 결국, 늘 그랬듯이 정파는 그 폭풍을 이겨 낼 거예요. 그 후엔 더 맑은 날이 기다릴 것이고."

천류영은 엷은 미소를 머금고 말을 받았다.

"낙관적이시군요."

모용린이 고개를 갸웃거리며 물었다.

"저는 천 공자야말로 그 어떤 누구보다 낙관론자라고 알고 있는데요? 사천에서…… 그 어떤 위기에서도 승리를 믿고, 포기하지 않고 나아가던 사람이 바로 당신이었어요."

천류영이 쓴웃음을 깨물었다. 그는 잠시 침묵하다가 말문을 뗐다.

"제가 사천에서 누구보다 희망을 역설한 사람이라고 하셨습니까?"

"아닌가요?"

"맞습니다."

"……."

"왜 그렇게 할 수 있었는지 아십니까?"

"……?"

"최악을 생각하고 또 최악을 대비했기 때문입니다. 수많은 가능성 중에서 그렇게 최악의 상황을 경계했습니다."

"……."

"그런데 지금 빙봉은 최악의 상황을 외면하고 계시는군요."

"……!"

모용린은 당황하며 숨을 들이켰다.

"빙봉께서 그러니 정파의 수많은 사람들도 마찬가지겠지요? 물론 빙봉의 의견이 합리적이라는 것을 부인하진 않습니다. 하지만…… 최악의 상황이 오게 되면 어떻게 하실 겁니까?"

모용린이 떨리는 음성으로 물었다.

"천 공자가 생각하는 최악의 상황이란 뭐죠?"

"저는 아직 천마검이 죽었다고 생각하지 않습니다. 겉으로만 봉합된 것으로 보이는 마교와 흑천련의 힘이 생각보다 훨씬 강할 수도 있습니다. 그와 마찬가지로 배교도 그렇습니다. 철강시의 숫자가 상상 이상일 수도 있고, 어쩌면 강시를 철강시로 진화시켰듯이 또 그 이상의 괴물을 만들어 냈을 수도 있습니다. 더구나 사오주는 지금껏 제대로 된 힘을 보여 준 적이 없습니다."

"……."

"잠자는 호랑이인 녹림은 늘 주시해야 합니다. 배교의 존재를 알아낸 것이 얼마 되지 않듯이, 어쩌면 우리가 아직 모르는 강대한 세력이 숨어 있을 수도 있습니다. 그런 세력이 있다면 분명 내년의 혼란을 놓치지 않겠지요."

천류영은 흔들리는 모용린의 눈을 직시하며 질문을 던졌다.

"정파의 전성기? 맞습니다. 하지만…… 화무십일홍(花無十日紅)이라고 했습니다. 열흘 붉은 꽃은 없고 달도 차면 기우는 법이지요. 제 힘과 화려함에 도취되어 스스로 두려워하지 않고 경계를 게을리 한다면 그때가 전성기의 막바지가 아닐런지요?"

"……."

"다시 한 번 묻겠습니다. 빙봉께서는…… 최악의 상황을 준비하고 있습니까?"

"……."

"상상 이상의, 최악의 상황도 이겨 낼 만큼 정파의 저력이 굳건하다고 확신하십니까? 빙봉, 영원불멸은 없습니다."

섬뜩한 천류영의 경고에 모용린은 말문을 잃었다. 천류영은 하얗게 질려 가는 모용린을 보며 말했다.

"배교를 은밀하게 추적하는 문제. 빙봉이 알아서 하실 일이지만 벗으로서 한 가지 조언을 드리지요."

"……."

"그들이 빙봉의 추적을 간파하고 그것을 역이용하고 있다면 계속 농락당하기 십상입니다."

모용린은 한 차례 심호흡을 하고는 신색을 회복했다. 그리고 눈을 빛내며 말했다.

"슬슬 공론화할 때라고 생각하는 거군요."

"그렇습니다."

모용린은 입술을 꾹 깨물며 잠시 침묵하다가 신중한 기색으로 고개를 저었다.

"아직 일러요. 그들이 숨어 있는 장소를 알아내기 전에 이 일을 터트리면 정파 무림에 혼란만 찾아올 겁니다. 더구나 천 공자가 방금 말했듯이 내년에 있을 전쟁을 생각하면 더욱 그래요."

"혼란은 정파 무림에만 오는 것이 아닙니다."

"……!"

"혼란은 배교, 마교 그리고 수많은 세력들에게도 찾아

갈 겁니다.”

모용린은 뒤통수를 둔기로 맞은 듯한 충격에 눈을 부릅떴다.

“빙봉, 싸움은 끌려다녀서는 절대로 이길 수 없습니다. 주도권을 잡으세요.”

“…….”

“저와 거리를 두는 건 상관없습니다. 하지만 제가 전진을 선택했듯이 빙봉도 이제는 어떤 방향으로든지 나아가야 합니다.”

제7장
바람 부는 날

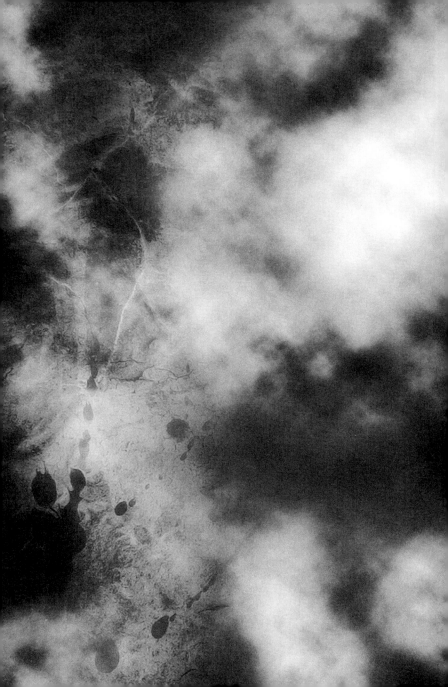

1

계단 위 태사의에 몸을 파묻고 있던 배교주는 이를 갈고 있었다. 계단 아래 원탁에 둘러앉아 있는 소교주와 배교 장로들은 충격에서 빠져나오지 못했다.

그들은 붉은 눈동자를 가진 까마귀, 즉, 강시오를 이용해 수정구에서 재생된 장면을 방금 목도한 것이다.

천마검이 축제를 피로 물들이는 후반부와 환환 부교주가 그에게 당하는 모습 그리고 내실에 한사녀가 나타나는 장면까지.

정적을 깬 건 백면 중년인, 방우 소교주였다.

그는 가장 빠르게 신색을 회복하고는 특유의 잔인한 미

소를 지었다. 그리고 수정구 옆에 서 있는 환당주를 향해 질문을 던졌다.

"강시오가 제대로 움직였다는 건 태음산에 있던 주술사 중 누군가가 살아 있다는 뜻이 아닌가?"

담담한 음성이다. 부교주를 포함한 많은 교도들이 죽었는데도 크게 개의치 않는 기색이었다.

환당주가 난감한 얼굴로 답했다.

"대부분의 시신이 불타 버려서 누가 그리고 얼마나 죽었는지 알 수가 없습니다. 어쨌든 환당 일조장이 강시오와 함께 보낸 전서구의 내용으로는 생존자를 찾지 못했답니다."

"……."

"아마 교도 중 누군가가 강시오에게 벌어지는 일을 기록하라는 주술만 걸고는 숨진 것으로 추정됩니다."

"아쉽군. 천마검이 분지에 어떻게 나타났는지에 대한 기록이 있었으면 좋았을 텐데. 뭔가 중요한 것을 놓친 것 같은 기분이 든단 말이지."

장로들 중 한 명이 입을 열었다.

"대주술사와 휘하에 있던 주술사들이 천마검을 특강시로 만드는 데 성공한 겁니다. 천마검의 눈빛이 붉은 것으로 보아 확실합니다."

방우가 중요한 것을 놓친 것 같은 기분이 든다고 한 말은 바로 이점이었다.

만약 천마검이 허공을 걷는 경공술인 천상제를 펼치는 것을 보았다면, 그가 특강시가 아니라는 것을 알았을 것이다.

왜냐하면 특강시는 다른 강시와 마찬가지로 몸을 반 장 이상 띄울 수 없기 때문이다. 어떤 의미로는 유일한 약점이었으나 워낙 강하기에 도약력이 문제가 되지는 않았다.

배교도들은 강시오를 이용해 빠르게 정보를 취득했지만 아쉽게도 완전한 정보를 얻진 못한 것이다.

장로들의 의견이 속속 개진되었다.

"천마검 특강시는 얼마나 강할까요?"

"특강시가 된 천마검이 탐난 대주술사가 화선부주와 짜고서 반역을 일으킨 겁니다."

"저는 당최 이해가 되지 않습니다. 우리에겐 일악부터 구악까지 특강시가 아홉 구나 있습니다. 천마검 특강시 한 구라고 해 봐야 결국 우리들에게 죽게 될 터인데 반역을 일으킬 수 있을까요?"

"우리를 피해 꼭꼭 숨어서 살겠지요."

"그렇게 숨어서 살려면 뭐하려고 반역을 합니까?"

"대주술사가 화선부주의 꼬드김에 넘어간 겁니다."

"말이 되는 얘기를 하십시오. 그 흉측한 계집이 뭐가 좋다고! 그리고 대주술사는 동성애자였소."

"동성애자가 아니라 고자요."

"화선부에는 한사녀가 아니더라도 제법 반반한 계집이 많소. 그 계집 중 하나와 대주술사가 사랑에 빠졌을지도 모르지."

"대주술사는 고자란 말이오!"

"어쨌든 태음산에 있던 주술사들 중 일부와 화선부가 힘을 합친 것은 분명합니다."

"그러니까 그들이 왜 그랬냐는 것이 문제 아니오?"

갑론을박, 옥신각신.

평소의 그들이 아니었다. 그건 태음산에서 일어난 사고의 충격에서 아직 완전히 벗어나지 못했다는 뜻이었다.

배교주가 참지 못하고 화를 내려는 순간 원탁에 있던 한 명이 낮지만 강하게 소리를 질렀다.

"그만! 교주님께서 계시는데 이 무슨 추태인가?"

배교의 수석장로, 색목인(色目人)인 마쿠다였다. 은발의 그는 장로들을 훑고는 차분하게 말을 이었다.

"이런 식으로는 결론이 나지 않소. 한정된 정보만으로 알 수 없는 '왜?' 또는 '어떻게?'라는 질문을 아무리 던져 봐야 진실을 알 수 없단 뜻이오. 막연한 억측은 오판만 하기 쉽소."

마쿠다는 배교주를 보며 말을 이었다.

"그나마 우리가 알 수 있는 건 화선부주가 구애받지 않고 움직였다는 것입니다. 그건 화선부 대부분이 빠져나갔다는 뜻, 그들의 흔적을 추적하는 것이 가장 급선무입니다. 그들을 잡을 수 있다면 진실이야 절로 밝혀질 테니까요."

결코 쉽지 않은 일이다.

왜냐하면 흔적을 지우는 데 최고의 실력을 가진 곳이 바로 배교다. 그런 배교의 일거수일투족을 화선부는 옆에서 지켜보며 배웠으니까. 실제로 작전에 대동하고 나가는 화선부 제자들로 하여금 급할 때는 종종 일을 거들게 했었다.

또한 방금 장로들이 추측한 것처럼 대주술사를 포함한 일부 주술사들이 화선부와 손을 잡았다면 더욱 어려운 일이었다.

하지만 찾아야했다. 어렵다고 포기해서는 안 되는, 중요한 일이기에.

방우가 말을 받았다.

"마쿠다 장로님의 말씀이 옳습니다. 우리가 지금 해야 할 일은 화선부를 추적하는 겁니다. 동시에 화선부를 잡지 못했을 경우, 어떤 일이 일어날 것인지 예상하고 그에 대한 대비를 하는 것입니다."

장로 한 명이 긴장한 얼굴로 불쑥 말했다.

"화선부가 본교의 존재를 세상에 알린다면?"

"……!"

무거운 정적이 삽시간에 내려앉았다. 마쿠다 수석장로가 굳은 얼굴로 팔짱을 꼈다가 말했다.

"그럴 수도 있겠지만 당분간은 아닐 것이오."

질문을 던진 장로가 의아한 표정으로 물었다.

"그렇게 말씀하시는 근거가 있습니까?"

"화선부의 원수는 무림맹주 검황이니까. 그들이 우리의 존재를 알리려 세상에 모습을 드러내면…… 우리뿐만 아니라 검황의 칼도 감당해야 할 것이오."

"아! 그렇군요. 하지만 사파로 갈 수도 있지 않습니까?"

"갈 수도 있겠으나 적지 않은 시간 고민을 할 것이오. 왜냐하면 우리에게 당한 것처럼 노예 생활을 할 수 있다는 두려움이 있을 테니까. 아마 당분간은 숨어 있는 데 주력하다가 어쩔 수 없는 상황에 몰리면 그제야 정파든 사파든 선택을 할 공산이 크다고 생각하오."

모두가 마쿠다의 말이 일리가 있다며 고개를 끄덕였다.

침묵하던 배교주가 마침내 입을 열었다.

"만약 우리가 화선부를 빨리 찾아내지 못한다면…… 시간에 쫓기게 되겠군. 한사녀가 어떤 결정을 할지 전전긍긍하면서."

방우가 교주를 올려보며 말했다.

"어차피 사고는 터졌습니다. 그러니 제가 아까 말한 것처럼 화선부를 찾지 못했을 경우를 대비해야 합니다."

"어떤 대비를 말하는 것이냐?"

"하남성 분타를 가능한 빨리 움직이는 것이 최선의 대책이라고 생각합니다."

방우가 내놓은 대책에 여러 사람들이 침을 삼켰다.

소교주의 말은 숭산 소림사를 무너트리는 일에 착수하자는 뜻이다.

마쿠다가 방우를 보며 씩 웃고는 동의했다.

"좋은 책략입니다. 하남성 분타를 세상에 드러내 본교의 존재를 알리면 화선부가 뒷북을 쳐도 별 의미가 없어집니다."

방우가 다시 말을 받았다.

"팔악뿐만 아니라 구악의 최종 실전도 모두 성공리에 마쳤습니다. 그리고 천마검 특강시는…… 화선부가 데리고 이미 빠져나갔습니다. 이런 상황에서 내년 겨울까지 본교가 침묵할 이유는 없습니다. 계획된 일정을 모두 앞당겨야 합니다."

배교주는 결국 천마검을 자신의 노예로 삼지 못한 것이 아쉬워 입맛을 다셨다. 그놈에게 들어간 비용과 노력이 물거품 되어 버린 것이다.

특강시가 된 천마검의 주인은 누가 된 것일까?

한사녀와 대주술사일까?

정말 대주술사가 반역한 것일까? 그렇다면 왜?

하지만 지금 이 '왜?' 라는 질문은 마쿠다의 말처럼 의미가 없었다.

마쿠다가 결단을 재촉했다.

"교주님. 늦어도 백일 안에는 움직이는 것이 좋습니다. 한사녀가 순간적으로 우릴 향한 복수심에 불타서 세상에 본교의 존재를 알리게 되면 상황이 꼬이게 될 테니까요."

"그래, 그렇지."

배교주는 고개를 주억거렸다. 방우와 마쿠다의 말마따나 사고는 터졌다. 여유를 부릴 처지가 아니었다.

마쿠다가 힘주어 말했다.

"소림사를 무너뜨린 후에 본격적인 중원 정벌을 진행해야 합니다."

그러려면 해야 할 일이 많았다. 특히 마교주에게 빨리 연통을 넣어 그들도 일정에 맞춰 준비를 할 수 있게 해야 한다.

배교주는 입맛이 썼다.

오랜 세월을 준비했다. 그런데 준비의 마무리가 천마검으로 인해 헝클어져 버렸다.

때문에 중요한 시작을 이렇게 쫓기듯 해야 한다는 것이 탐탁지 않았다.

그는 몸을 일으키며 명을 내렸다.

"모든 일정을 마쿠다 수석장로가 말한 대로 앞당긴다. 준비에 차질이 없게 각자의 일정을 조정하도록."

회의가 끝났다. 그런데 환당주가 조심스러운 어조로 입을 열었다.

"교주님. 천마검에 관한 소식을 마교주에게 어떻게 통보해야 합니까?"

교주는 한숨을 삼키고 잠시 고민하다가 말했다.

"원래의 계획인 실혼인으로 만드는 것이 실패해서, 죽인 후 강시로 만들었다고 하면 되겠지."

*　　　　　*　　　　　*

천류영은 자신의 거처에서 먼저 무림맹 총타로 들어왔던 위충 호위를 만나고 있었다.

다섯 개의 초를 꽂을 수 있는 장식 촛대가 한쪽 벽에 걸려 있었는데 세 개의 초가 삼각형으로 꽂혀서 타고 있었다.

위충은 그 촛불을 보며 말했다.

"저는 요즘 촛불을 볼 때마다 천 공자님이 생각납니다."

대화가 마무리되어 가는데 위충이 불쑥 엉뚱한 말을 뱉었다. 그러자 천류영이 고개를 갸웃거렸다.

"제가 초와 닮았습니까? 얼굴이 이리 홀쭉하고 길었나요?"

천류영은 자신이 한 말이지만 우습다는 듯이 피식 실소를 뱉었다. 그러자 위충이 촛불에서 시선을 떼고 천류영을 직시했다. 그의 입가에 미소가 번졌다. 그건 슬픈 웃음이었다.

"정말 괜찮으시겠습니까?"

천류영은 어깨만 으쓱했다. 그러자 위충이 다시 물었다.

"정말 감당하실 수 있겠습니까?"

천류영이 다시 어깨를 으쓱하고는 대꾸했다.

"그만둘까요?"

그가 농으로 반문하자 위충이 진심을 담아 고개를 끄덕였다.

"예, 저는 여기서 멈췄으면 좋겠습니다."

그는 다시 촛불을 보며 말을 이었다.

"스스로를 불태워 어둠을 쫓는 촛불 역할을 꼭 천 공자께서 해야 하는 겁니까? 죽고 나면 다 그만인 것인데……."

천류영은 다탁 위 찻잔을 들었다가 다 마신 것을 보고는 내려놓으며 답했다.

"걱정하지 마십시오. 저, 죽지 않을 겁니다. 촛불처럼 꺼지지 않고 질기게 살아남을 생각입니다."

위충의 눈에 이채가 스쳤다. 슬프고 어두웠던 그의 얼

굴이 화색을 찾았다.

"정말입니까?"

"예. 살아날 방법을 찾는 중이고 이미 시작했습니다. 진인사대천명(盡人事待天命)이라, 최선을 다하고 하늘의 뜻을 기다려 보죠. 뭐, 될 것 같습니다."

"허허허, 정말입니까?"

"예, 확률이 쭉쭉 올라가고 있습니다."

"뭔지는 모르겠지만 천 공자께서 하시는 일이니 꼭 될 것이라 믿습니다."

"저보다 위 무사님이 더 걱정입니다. 몸조심 하십시오."

위충은 손사래를 쳤다.

"그런 말씀 마십시오. 천 공자를 만나고부터 처음으로 무사로서 뜨거운 가슴을 간직하고 살아가고 있습니다. 이런 기회를 주신 천 공자님은 제 은인이십니다."

천류영이 위충의 손을 잡았다.

"위 무사님, 사셔야 합니다. 목숨까지 걸지는 마십시오."

위충은 자신의 손을 잡은 천류영의 손을 힘 있게 잡으며 답했다.

"천 공자야 말로 약속하신 겁니다. 질기게 사셔야 합니다. 반드시 살 방도를 찾으셔야 합니다."

내실 밖에서 구위 사범이 문을 열고 말했다.

"위충 형님, 이제 갈 시간입니다."

구위는 이미 봇짐을 등에 짊어지고 있었다. 위충이 구위를 보며 미안한 표정을 짓고 일어섰다.

"나만 담소를 나눠서 미안하구만."

"하하하. 저야 이곳까지 오면서 천 공자와 함께 있었는걸요."

위충은 옆 의자에 두었던 봇짐을 챙겨 둘러메고는 말했다.

"다시 뵐 때까지 건강하십시오."

그는 문가로 이동해 구위와 함께 밖으로 나갔다. 그리고 둘이 문을 닫으려는 순간에 천류영이 말했다.

"잠깐만."

"……?"

위충과 구위가 의아한 얼굴로 천류영을 보았다. 그러자 천류영이 천천히 허리를 꺾었다. 그의 머리가 깊게 숙여졌다.

무림맹주를 비롯한 쟁쟁한 거물들에게도 약간의 허리만 숙이던 그였다. 천류영이 말했다.

"어려운 길, 함께 해 주셔서 늘 감사하게 생각하고 있습니다. 부디 어느 한 곳도 다치지 마시고 다시 만나길 빌겠습니다."

위층과 구위는 당황하다가 입술을 꾹 깨물었다. 괜히 코끝이 찡해졌다. 그들 역시 잡읍을 하고는 사라졌다.

하지만 천류영은 한참을 그렇게 있다가 허리를 들었다. 그는 천천히 창가로 이동해 어둔 밤하늘을 보다가 혼잣말을 했다.

"이럴 때 네가 곁에 있었으면 든든했을 터인데. 내가 살 확률이 정말로 더 올라갈 터인데."

풍운이 그리워졌다. 하지만 그 녀석에겐 그의 길이 있는 것이다. 그 녀석이 가야할 인생을 자신의 필요로 뺏을 수는 없었다.

천류영은 한 차례 기지개를 펴고는 외출 준비를 했다. 내일 무림맹 총타를 떠나기 전 총군사와의 마지막 만남이다.

이곳에서 닷새간 머물면서 나눈 대화와 별반 다르지 않을 것이다.

그는 여전히 자신이 절강성에 가려는 속내를 알아보려고 이런 저런 시도를 할 것이다. 그리고 자신을 회유하기 위한 번지르르한 유혹도 할 터이고.

정말 재미없는 시간이었다. 진심을 숨긴 채 대화를 나눈다는 것은.

외출복으로 갈아입은 그는 내실 밖으로 나가려다가 멈췄다. 발걸음 소리가 들렸다. 이젠 발소리만으로도 정체를 알 수 있었다.

문이 드르륵 열리고 보는 것만으로 절로 미소가 지어지는 그녀가 얼굴을 불쑥 내밀었다.

"뭐해요?"

"소저야말로 이곳에서 너무 풀어진 것 아닙니까? 닷새 동안 한 번도 호위를 서 주지 않다니."

독고설이 하얗게 웃으며 물었다.

"풋, 삐진 거예요?"

"설마요. 그런데 요즘 아주 바쁘더군요. 검봉의 인기가 이 정도일 줄은 몰랐습니다."

사실이었다. 독고설은 지난 닷새간 총타에 있는 그 무수히 많은 전각의 절반을 넘게 방문했다고 해도 과언이 아닐 정도로 바쁜 시간을 보냈다. 밤에는 술자리만 몇 탕씩 뛰었을 정도였다.

그러다 보니 둘은 하루에 한두 번 잠깐 얼굴을 보는 것이 고작이었다.

천류영은 혀를 차고는 말을 이었다.

"저는 절강성에 관한 정보를 조금이라도 더 얻기 위해 문서에 파묻혀 살았는데…… 쩝, 관두죠."

독고설이 빙그레 웃으며 다가와 자연스럽게 팔짱을 꼈다.

"하고 싶은 말이 뭔데요?"

천류영이 당황하며 침을 삼키고 답했다.

"소저가 이렇게까지 사교적인 분인 줄 몰랐습니다. 확

실히 소문과 실제는 차이가 있군요."

그녀는 지금도 한잔 걸치다 왔는지 볼이 발그레했다. 문제는 그런 그녀의 모습이 너무 아름다워 화를 내기도 쉽지 않다는 점이었다.

"닷새 전에 모용 언니에게 얘기를 들었거든요."

"……?"

"언니에게 지금은 동지가 많이 필요하다고 말했다면서요?"

"어? 그게 그러니까…… 빙봉의 입이 생각보다 가볍군요."

"천 공자를 생각해서 털어놓은 거예요. 당신을 도와주라고. 내가 힘이 될 수 있을 거라고."

"……."

"제가 좀 끗발이 있어요. 검봉이고 청화고 편월이죠. 후기지수 중에 별호를 세 개나 가지고 있는 사람은 저밖에 없어요. 게다가 당신 덕분에 사천의 영웅들에도 이름을 올렸고. 이 인기를 이용해서 천 공자에게 도움이 될 만한 사람들을 많이 만났어요. 개혁적인 성향이 강하고 나름 명망도 있는 분들이죠."

천류영은 쓴웃음을 깨물었다. 아마 모용린이 시간을 내서 그런 인사들을 독고설에게 추려 주었을 것이다. 그리고 독고설은 한 명이라도 더 만나기 위해 그리 바쁘게 움직였던 것이고.

그는 두 여인의 마음씀씀이가 고마워 뒤통수만 긁적였다. 독고설이 천류영을 바라보며 계속 말했다.

"그분들께 천 공자 얘기를 했어요. 그리고 저와 천 공자의 벗이 그리고 동지가 되어 달라고 부탁했어요. 진심을 담아서."

천류영은 엷은 미소로 대꾸했다.

"소저와 벗이 되는 일이라면 많은 이들이 쌍수를 들고 환영했겠군요."

이때 천류영은 짐작도 하지 못했다. 한 명의 절세미인이 얼마나 엄청난 힘을 가질 수 있는지. 그녀가 뿌린 씨앗이 어떻게 돌아오는지.

독고설이 검지를 펴며 말했다.

"할 말이 하나 더 있어요."

"……?"

"제가 한중 땅을 떠나기 전에 장문의 서찰을 두 통 간곡하게 썼거든요. 그런데 답장이 왔어요."

천류영은 고개를 갸웃거리며 물었다.

"누구에게 무슨 내용을 쓰셨습니까?"

독고설이 팔짱을 풀고 답했다.

"무적검 한 대협과 낭왕 방 대협께요. 천 공자가 어려운 길을 가려는데, 둘 중 한 분은 인간적으로 도와줘야 하는 거 아니냐고 졸랐죠."

"훗, 그래서 뭐라고 답장이 왔습니까?"

열린 문 뒤로 갑자기 장한이 나타났다. 천류영의 눈이 커졌다.

"바, 방 대협."

수려한 외모의 장년인, 낭왕 방야철이다.

그가 호탕하게 웃고는 말했다.

"하하하, 내가 답장이네. 반갑네, 정말 반가우이."

그는 천류영에게 다가와 격한 포옹을 나눴다.

"어떻게 오신 겁니까?"

"장기 휴가 좀 얻었지. 마교가 출진하기 전까지."

천류영은 놀란 눈으로 말했다.

"이, 이건 무림맹 규율에 어긋나지 않습니까?"

한 분타에 발령 나 있는 간부가 자신의 분타를 비우고 다른 분타를 돕는 것은 허용되지 않았다. 그건 무림맹주나 총군사가 허락해야만 했다.

천류영이 질문을 이었다.

"맹주나 총군사가 허락한 겁니까?"

방야철이 대꾸했다.

"그딴 고리타분한 규율은 개나 줘 버리라고 그래!"

"예에?"

"라고 무적검이 말하더군. 분타주의 재량이란 게 있다

면서.”

천류영은 가슴이 뭉클해져서 말문이 막혔다.

방야철이 천류영의 복색을 한 번 훑고는 물었다.

“자네, 밖에 나가려던 참이었나? 선약이라도?”

천류영이 귀밑머리를 긁적거리다 빙그레 웃고 답했다.

“그딴 재미없는 약속, 개나 줘 버리죠.”

2

새벽에 시작된 바람이 아침까지 강하게 불었다.

수안파파는 벌써 사십구 일이 되었구나라는 생각을 하며 발걸음을 내디뎠다.

피로가 쌓이고 쌓여서 눈 밑의 그늘은 점점 더 짙어졌다. 그녀뿐만 아니라 화선부 대부분의 제자들이 지독한 피로감에 시달렸다.

천마검의 육신과 기운을 조금이라도 더 완벽하게 만들기 위해 최선을 다했다. 부주의 희생이 담긴 마지막 시술이었기에.

하연 부주는 어린 나이에 최악의 상황에서 수장의 자리에 올라 제자들을 지키기 위해 최선을 다했다.

그녀는 얼굴의 절반 가까이가 뭉개지고 몸이 화염에 휩싸이는데도 어린 제자들을 불길 속에서 구해 냈다.

화선부를 세상에서 지워, 자신의 추악한 과거를 숨기려는 검황 단백우의 집요한 추적을 뿌리치는 데도 성공했다.

그녀는 위기 때마다 자신을 미끼로 검황의 시선을 돌리면서 제자들부터 피신시켰다.

그런데…… 하필 마지막으로 숨어든 자리가, 검황이라도 결코 찾아내지 못할 것이라 확신했던 그곳이 배교의 소굴이었다.

그때, 만약 하연 부주가 당당하게 배교주와 담판을 짓지 않았다면 화선부의 여제자들은 모두 겁간을 당하고 노예 생활을 했을 것이다.

그러나 하연은 두려움을 떨치고 자신의 목숨을 걸고 배교주와 당당하게 맞섰다.

정파 무림의 걸출한 고수인, 검황이라는 공동의 적이 있으니 의술로 돕겠다고 주장하면서 동반자 역할을 강조했다.

동시에 이 제안을 거절하면 당신들은 훌륭한 재능을 가진 화선부의 인재들을 잃게 될 것이라는 협박도 서슴지 않았다.

노회한 배교주는 새파란 애송이인 하연을 비웃었다. 사람은 결코 쉽게 자진할 수 없다고 믿었다.

그러나 배교주는 하연이 스스로 손목을 끊는 것을 보며 굴복했다. 하연이 손목을 끊자 그녀를 존경하는 화선부의 모든 이들이 따라 죽으려는 것을 보고는 기함한 것이다.

결국 배교주는 하연의 제안을 받아들였고, 화선부는 하연을 살려 내면서 그 실력을 보여 주었다.

그렇게 시작된, 십 년이 넘는 배교와의 동행.

겁간을 당하진 않았지만 시녀처럼 부려졌다. 노예 생활이었다. 하지만 하연은 최소한의 자존심과 편의라도 보장받기 위해 최선을 다했다.

수안파파를 비롯한 화선부 전원은 그런 하연이 마지막으로 한 시술을 최고로 만들기 위해서 묵묵히 죽을힘을 다하는 중이었다.

가장 어린 나이에 부주의 자리에 올라 여인으로서의 인생을 포기하고 오로지 화선부만을 위해 희생의 삶을 살아온 그녀.

수안파파는 짙은 슬픔에 차 있었다.

오늘 밤이나 내일 아침이면 천마검은 깨어날 것이다. 그리고 그는 떠난다.

그러면 하연 부주의 생명은 끝이 날 것이다. 지금 그녀는 오로지 천마검이 떠나는 뒷모습을 한 번 보기 위해서 떠나가려는 혼백을 붙잡고 있었다.

"박복한 분."

수안파파는 자신도 모르게 흐느끼듯 읊조렸다. 세상에 어느 여인이 이리 불행할 수 있을까?

차라리 삶의 밑바닥에서 태어났다면 더 나았을 것이다. 그럼 그런 인생을 어쩔 수 없는 운명이라고 받아들일 수밖에 없을 테니까.

하지만 금수저를 물고 태어났으며, 아름다운 용모와 심성까지 가진 그녀의 끝없는 추락은 지켜보는 이들의 가슴을 저릿하게 아프게 만들었다.

그녀의 삶은 결국 마지막까지 희생이었다.

수안파파는 천마검이 있는 내실의 앞에 당도해 한숨을 흘렸다.

내실 문 옆에 있는 제자가 피곤에 지쳐서 세상모르고 잠들어 있었다.

수안파파는 그 제자를 깨워 편히 자라고 하려다가 관뒀다. 어찌나 잠을 달게 자는지 차라리 그냥 두는 것이 낫겠다 싶었다.

수안파파는 제자가 깨지 않게 조용히 문을 열고 안으로 들어섰고 제자들이 그녀를 뒤따랐다.

아직 아침 해가 뜨지 않아서 어두컴컴했다.

수안파파는 침상으로 다가가다 얼어붙었다.

침상 위에 있어야 할 천마검이 없었다.

그녀 뒤에 있던 여인 중 한 명이 소스라치게 놀라 외쳤다.

"어, 없어?"

그녀는 문밖으로 달려가 단잠에 빠져 있던 제자를 흔들어 깨웠다.

"일어나, 당장 일어나란 말이야! 천마검 어디 있어? 천마검 어디에 있냐고?"

그녀는 하연 부주의 뒤를 이을 소부주였다.

하유. 스물다섯 살.

그녀가 뺨까지 때리고 나서야 제자가 정신을 차렸다.

"예? 천마검요? 그야 당연히 안의 침상⋯⋯."

그제야 그녀도 뭔가 잘못된 것을 눈치채고는 벌떡 일어나 안으로 달려 들어갔다.

하유가 따라 들어와 윽박질렀다.

"천마검 어디에 있냐고?!"

"소부주님, 저는 정말 모르겠어요."

"천마검 뒷모습 보는 게 마지막 소망이신 부주님이 힘들게 버티고 계셔. 그런데 너는 잠이나 퍼질러 자?"

"정말 모르겠어요. 분명 침상에⋯⋯."

짜악.

하유가 따귀를 때렸다. 그러나 아무도 말리지 않았다. 하유는 부들부들 떨면서 말했다.

"불 속에서 죽어 가는 우리를 구해 주신 부주님이야. 수많은 위험 속에서 우리를 지켜 주신 부주님이야. 그런데 우리가⋯⋯ 그분의 마지막 소망을 지켜 드리지 못한다면⋯⋯."

하유는 울먹거리며 말을 잇지 못했다. 그제야 수안파파가 충격에서 깨어나 말했다.

"소부주, 소리를 낮추세요. 위층에 계신 부주님이 듣습니다!"

그녀는 불침번을 서던 제자에게 다가가 물었다.

"언제 잠들었느냐?"

제자 역시 하유처럼 울먹거리며 말을 잇지 못했다.

"모, 모르겠어요. 저도 제가 언제 잠들었는지……."

수안파파는 탄식했다. 번을 서는 시간은 두 시진이다. 시간이 길었지만 어쩔 수 없었다. 오십여 명의 인원 중 상당수는 하루 열두 시진 내내 주변 경계에 투입되어야 하기 때문이다.

천마검의 증세가 빠르게 악화되는 바람에 태음산에서 멀리 도망치지 못했다. 그렇기에 그들은 장원을 중심으로 꽤 넓은 지역을 경계해야 했던 것이다.

어쨌든 최악의 경우에는 두 시진 전에 천마검이 사라진 것이다.

그녀는 제자들을 보며 낮게 외치듯 말했다.

"부주님을 담당하고 있는 유모와 최소의 경계병을 뺀 모두가 천마검을 찾는다."

외딴 곳에 떨어진 장원이 아침 댓바람부터 발칵 뒤집혔다. 그러나 그 소동은 매우 조용하게 이뤄졌다.

하연 부주가 눈치채지 못하도록.

제자들이 밖으로 달려 나가는 모습을 보던 수안파파는
아직 자리에 못 박힌 듯 서 있는 하유를 보고 흠칫 놀랐
다.

하유의 눈에서 짙은 살기가 흘러나오고 있었다. 그녀의
입에서 예쁘장한 얼굴과 다르게 섬뜩한 느낌의 목소리가
튀어나왔다.

"천마검, 죽여 버릴 거야."

"소부주!"

"도망친 거예요. 그 인간 도망친 거라고요. 기껏 살려
놨더니, 최상의 상태로 만들어 놨더니 도망친 거라고요.
남자라는 족속들은 정말이지…… 지긋지긋해."

수안파파는 입술을 꾹 깨물었다가 말했다.

"생각보다 일찍 깨어나 어디 산책이라도 갔는지 모르는
일이지. 천마검은 보통 남자와 달랐어."

"장로님, 정말 모르겠어요? 그 인간 깨어나서는 주변에
번을 서는 이들조차 눈치채지 못하게 빠져나갔어요. 산책
이라면 벌써 보고가 들어왔겠죠."

"……!"

"쥐새끼처럼 숨어서 빠져나간 거라고요."

"우리가 그의 적도 아닌데 왜?"

하유가 답답하다는 듯이 가슴을 치며 대꾸했다.

"부주님을 본 거죠!"

수안파파의 얼굴이 딱딱해졌다. 그녀는 하유가 말한 의미를 깨닫고는 절망스러운 표정을 지었다.

하유가 이를 바드득 갈았다.

"천마검은 고마워서 부주님의 방에 갔겠죠. 그리고 부주님을 보고는 기겁해 뒷걸음질 치다가 정신이 확 들은 거죠."

수안파파가 하유를 보며 차갑게 말했다.

"소부주, 부주님에 대해 함부로 말하지 마세요."

"장로님! 저는 우리 부주님을 욕하는 게 아니라 천마검을……. 흑흑. 우리 부주님 불쌍해서 어떻게 해요? 뒷모습이라도 보고 싶어서 지독한 고통을 참으며 버텨 왔는데."

닭똥 같은 눈물이 바닥으로 뚝뚝 떨어졌다. 화선부에서 아직 단 한 번도 눈물을 흘리지 않은 수안파파도 코끝이 찡해지는 기분을 느꼈다.

그때 밖에서 술렁이는 소리가 들렸다. 아까 졸다가 날벼락을 맞은 제자가 안으로 뛰어 들어와 소리를 질렀다.

"와요, 와요!"

주어도 목적어도 없었다. 그러나 하유와 수안파파는 내용을 알았다. 모두가 밖으로 뛰어나갔다.

그녀들이 대청마루로 나왔을 때 백운회는 장원의 정문

을 들어서고 있었다.

그는 담담한 얼굴로 걸어와 수안파파를 향해 말했다.

"모두 피곤에 지친 것 같아 조용히 다녀오려고 했는데 결국 소동이 벌어져서 미안하게 생각하오."

하유가 소매로 눈가를 훔치고는 그를 노려보며 물었다.

"아침 댓바람부터, 아니, 새벽에 몰래 어디에 다녀온 건데요?"

"아랫마을에."

"지금 미쳤어요? 당신 때문에 태음산에서 멀리 도망치지도 못했어요. 그런데 버젓이 마을에 갔다고요?"

백운희는 대청마루에 오르며 고개를 끄덕였다.

"그래."

"그러다 배교도 놈들에게 발각이라도 되면 책임질 거예요?"

"책임지지."

간단한 대꾸에 하유는 순간 말문이 막혔다. 그러자 수안파파가 무거운 음성으로 말했다.

"천마검, 당신이 돌아와 준 건 고맙게 생각해요. 하지만 마을에 간 건 현명한 일이 아니에요. 배교도들은 자신들의 흔적을 지우는 데도 탁월하지만, 그것을 찾아내는 실력도 최고예요."

"모를 거요. 조용히 다녀왔으니까."

너무나 속편한 답변에 수안파파도 말문을 잃었다. 결국 다시 하유가 입을 열었다.

"마을엔 대체 뭐하려고 간 거죠? 모두 잠들어 있을 시간에?"

"살 게 좀 있었소."

그는 이층으로 올라가는 계단으로 걸었다. 그러자 하유가 다시 말했다.

"잠깐만요. 나는 아직 할 말이……."

백운회가 그녀의 말허리를 끊었다.

"미안하지만 나중에 합시다. 나는 지금 일 촌의 시간도 귀하니까."

"그게 무슨……."

이번엔 수안파파가 하유의 말을 막았다. 아예 손을 들어 입을 막아 버렸다.

하유가 왜 그러냐는 말을 하려다가 눈을 치켜떴다.

수안파파.

그녀의 눈에서 눈물이 흐르고 있었다.

수안파파는 백운회의 등을 향해 허리를 깊이 숙이며 말했다.

"고맙…… 습니다."

하유는 어이가 없었다. 기가 막혀 백운회를 보는 순간 그의 등 뒤의 봇짐이 눈에 들어왔다. 그리고 그녀는 자신도 모르게 가슴이 울컥하는 것을 느꼈다.

하유는 그만 엉엉 소리를 내며 울고 말았다.

백운회는 계단을 밟으며 이층에 올라섰다. 그리고 복도를 소리 없이 걸어서 하연의 방에 섰다.

드르르륵.

그가 문을 열자 침상가에 앉아 있던 유모가 일어났다.

백운회가 미소를 머금고 말했다.

"하연과 둘이 있고 싶은데."

유모는 아직 잠들어 있는 하연을 내려다보다가 백운회에게 다가와 인사를 하고는 물었다.

"어디까지 알고 계신가요?"

"열흘 전부터 들을 수 있었소."

유모가 고개를 주억거렸다. 그녀는 달포 전부터 가끔 백운회 침상 옆에서 넋두리를 했던 것이다.

"그럼 우리 부주님의 불쌍한 사연 다 아시겠네요."

백운회는 고개를 저었다.

"당신 덕분에 하연에 대해 더 많은 것을 알게 되었소. 하지만 나는 그녀가 불쌍하다고 생각하지 않소."

"……"

"그녀는 당당했고 멋진 삶을 살았소. 함부로 그녀를 향해 불쌍하다고 말하지 마시오."

"……!"

유모의 눈이 흔들렸다. 그러나 이내 미소로 자리를 피했다.

하연은 이마를 그리고 콧잔등을 간질이는 감촉을 느꼈다. 그 따스하고 기분 좋은 감촉은 입술과 뺨에도 닿았다.

그녀의 눈이 천천히 떠졌다.

"일어났소?"

"……?"

"백 번만 더하면 입맞춤을 천 번 채울 수 있었는데. 조금 더 있다가 눈을 뜨시오."

하연은 빙그레 웃으며 눈을 감았다. 기분 좋은 꿈이었다.

사내다운 묵직한 목소리. 그건 천마검의 음성이었다.

자신의 입술에 그리고 눈꺼풀에 닿는 그의 입술.

숨소리가 귓불의 솜털을 간질였다.

그러다가 어느 순간 하연은 눈을 부릅떴다.

"천…… 마…… 검?"

"백운회요."

"……."

"이름으로 불러 주시오."

하연은 마침내 자신이 꿈을 꾸는 것이 아님을 깨달았다. 수많은 생각이 머릿속에서 폭죽 터지듯이 일었다. 그리고 그녀가 가장 먼저 한 행동은 덮고 있는 이불을 얼굴 위로 뒤집어쓰는 것이었다.

"오! 제발 보지 마세요."

악을 지르듯이 외친 목소리였다. 하연은 그런 자신의 음성에 절망했다.

노인의 음성.

그것도 힘이 빠질 대로 빠져 기력이라고는 찾아볼 수 없는 한심한 목소리.

백운회가 부드럽게 말했다.

"당신 덕분에 살아난 나를 보고 싶지 않소?"

보고 싶었다. 미치도록 보고 싶었다. 하지만 하연은 이불을 내릴 용기가 없었다.

갑자기 백운회가 웃음을 터트렸다.

"하하하, 하하하하."

그는 한참 동안 웃었다. 결국 하연이 목소리가 부끄러운데도 불구하고 물었다.

"왜 웃는 거죠?"

"귀여워서."

"동정인가요? 아님 놀리는 건가요? 그것도 아니면 미안한 의무감 때문인가요?"

"그딴 이유로 잠자는 여인에게 천 번이나 입맞춤을 하지는 않소."

"……."

"……."

"진짜 천 번 했어요?"

다시 백운회가 웃음을 터트렸다. 그는 그렇게 잠시 웃다가 답했다.

"한 시진 동안 해서 내 입술이 부르텄소. 의심나면 이불 좀 젖히고 확인해 보시오."

"……."

"미녀는 잠꾸러기라더니 어떻게 그렇게 사내 속도 모르고 잠만 자는 거요?"

"……."

"정말 내가 건강한지 입술은 무사한지 궁금하지 않은 거요?"

백운회는 이불을 잡고 말했다.

"한 시진 동안 당신의 얼굴을 보고 입맞춤했소. 그런데도 부끄럼을 타는 거요?"

"원래 그렇게 닭살 돋는 말을 잘하나요?"

"세 가지 소원이 있소. 들어줄 수 있소?"

하연은 호흡이 가빠지는 것을 느꼈다. 온몸이 쑤시도록 아파 왔다. 죽음이 다가오고 있었다.

그것을 깨달은 하연은 이불을 젖히고 백운회를 보았다. 부끄러웠지만 절로 미소가 맺혔다.

잘생긴 그가 따뜻한 눈빛과 미소로 자신을 보는 것이 행복했다.

"말해 보세요."

"들어준다고 약속해 주시오."

그녀는 가빠지는 숨소리를 들키지 않기 위해 이를 악물었다가 말했다.

"할 수 있는 거면."

백운회가 등 뒤로 매고 있던 봇짐을 벗어 자신의 무릎에 놓았다. 봇짐 위로 붉은 비단 모자가 걸쳐 있었다.

그는 모자를 그녀 얼굴 앞에 내려놓고는 봇짐을 풀었다. 역시나 붉은 비단 옷이 나왔다.

하연의 입술이 파르르 떨렸다.

이건 혼례복이었다.

백운회가 그녀를 보며 말했다.

"삼 년 뒤까지 기다릴 인내가 없소. 지금 나와 혼인해 주시오."

그녀는 입술을 꾹 깨물며 울음을 참으며 백운회를 올려다보았다.

"그게 첫 번째 소원인가요?"

"그렇소."

하연은 정말 옷을 입고 싶었다. 화상을 입어 괴물이 된 그날 이후 자신이 세상에서 가장 싫어한 옷. 그러나 지금

이 순간 그녀는 이 옷을 입고 싶었다.

그녀는 고개를 저었다. 지금 자신은 일어설 힘조차 없었다.

"그러고 싶지만……."

"두 번째 소원은 내 신부에게 직접 옷을 입히게 해 주시오."

그는 말이 끝나기 무섭게 이불을 완전히 젖혔다. 그리고 그녀가 입고 있는 잠옷을 천천히 벗겼다.

단추를 푸르고 등을 조심스럽게 받치며 옷을 위로 올렸다.

하연은 드러나는 제 육신을 보며 절망했다. 그러나 백운회의 말에 다시 심장이 덜컹거렸다.

"잠든 당신의 얼굴에 입 맞추며 보았소. 해맑고 아름다운 당신을. 그리고 나는 지금도 보고 있소. 내가 사랑하는 신부의 아름다움을."

"나는……."

"진심이오. 나는 보이오. 순결하게 빛나는 당신이."

"나는……."

"고맙소. 나를 살려 줘서. 고맙소. 나를 사랑해 줘서. 그리고 고맙소. 내 신부가 되어 주어서."

백운회는 그녀에게 혼례복을 입히지 않았다. 대신 자신의 옷을 벗고는 그녀의 옆에 마주 보고 모로 누웠다.

하연은 죽었다고 생각한 자신의 몸에 찌릿하고 뜨거운
느낌이 퍼져 나가는 것에 전율했다.

"나는……."

백운회는 그녀를 천천히 안았다. 살과 살이 닿으며 상
대의 따뜻한 체온이 느껴졌다.

"세 번째 소원을 말해도 되겠소?"

하연은 빠르게 다가오는 죽음보다 뜨거운 사랑의 향기
에 취했다. 그가 안아 준 것만으로도, 그에게 안긴 것만으
로도 세상이 장밋빛으로 변했다.

"나는…… 당신을…… 사랑해요."

"날 기다려 주시오."

"가가……."

"저승 어디에 있더라도 찾아갈 테니까. 부디 바람피우
지 말고 날 기다려 주시오."

하연의 눈에서 눈물이 쉼 없이 흘렀다. 그녀는 고개를
저으며 말했다.

"기다릴 수 없어요."

"하연."

하연은 숨이 빠른 속도로 가빠졌다. 심장의 박동이 멈
춰 섰다.

"하아아…… 날 화장해서…… 바람 부는 날 뿌려 줘요.
하아아…… 그럼 나는 바람이 되어…… 당신 곁에 머물 거

예요. 당신이 동료들을 만나고, 패왕의 별이 되는 것을……
곁에서 응원하며 지켜볼 거예요."

"사랑하오."

"……!"

하연은 이를 악물었다. 생명의 마지막 심지가 꺼졌다.
하지만 이 행복감을 조금이라도 더 느끼고 싶었다.

"나를…… 더 꽉…… 안아 줘요. 당신을 만나…… 행
복…… 했어요. 고마워요. 내…… 사랑."

백운회는 그녀를 힘주어 안았다.

뚝, 뚝.

굵은 눈물이 뺨을 타고 흘러 그녀의 하얗게 센 머리칼
위로 떨어졌다.

툭.

백운회를 안고 있던 하연의 팔이 밑으로 툭 떨어졌다.
그는 입술을 깨물고 그녀의 식어가는 젖무덤에 얼굴을 묻
었다. 그리고 소리 죽여 울었다.

〈『패왕의 별』 2부, 제11권에서 계속〉

패왕의 별

1판 1쇄 찍음 2015년 6월 15일
1판 1쇄 펴냄 2015년 6월 18일

지은이 | 강호풍
펴낸이 | 정 필
펴낸곳 | 도서출판 뿔미디어

편집장 | 이재권
기획 · 편집 | 윤영상

출판등록 | 2002년 9월 11일 (제081-1-132호)
주소 | 경기도 부천시 원미구 소향로 17번길(두성프라자) 303호 (우)420-864
전화 | 032)651-6513 / 팩스 032)651-6094
E-mail | bbulmedia@hanmail.net
홈페이지 | http://bbulmedia.com

값 8,000원

ISBN 979-11-315-6509-4 04810
ISBN 979-11-315-2568-5 04810 (세트)